मास्टरपीस

कुनाल दास

ISBN
Paperback 979-8-89610-761-3
Hardcase 979-8-89906-633-7

Contents

अध्याय - 1

"डॉ देवाशीष नरुला........" मंच पर खड़े आदमी ने दूसरी बार, अपनी तरफ से आदर से ओतप्रोत करके जब यह नाम पुकारा तो मैं असहज हो गया। "डॉ देवाशीष नरुला" यानि "नरुला" मेरे ठीक बगल में बैठा, जानबूझकर अपनी आँखें मोबाइल पर गड़ाए था। जब पहली बार उसका नाम पुकारा गया तब भी मैंने उसे कहा था, "नीरु जा भाई आज का भाषण नेता की तरह होना चाहिए।" और उसने धीरे से मोबाइल की ओर देखते हुए कहा था, "चुप रह सूरे।" यह नाम जो अब दूसरी बार लिया गया था, उससे पहले दो मिनट की अच्छी खासी भूमिका भी बांधी गई थी। डॉ नरुला के अद्भुत कारनामों के चर्चे हुए और उस समय नरुला कान पर फोन लगाकर किसी से बात करने जैसी हरकतें

कर रहा था। इस बार मैं असहज होकर बोल उठा, "डॉ नरुला, आपको ही बुला रहे हैं दुनिया वाले।"

नरुला उठा और हवा में, बिना आवाज के "सॉरी सॉरी" फेंकता हुआ, लगभग दौड़ता हुआ मंच पर पहुँच गया। गुवाहाटी में जो कोई भी स्वास्थ्य विभाग में हो या ज्ञानी मरीज हो, देवाशीष नरुला का नाम हर कोई जानता था। वो गुवाहाटी का प्रथम न्यूरोसर्जन था जिसने आसाम और आस-पास के राज्यों में न्यूरोसर्जरी का हिसाब ही बदल दिया। आसाम का पहला न्यूरोसर्जन, जागते हुए इंसान की न्यूरोसर्जरी हो या सर्जरी के दौरान मरीज को ईयरफोन से गाने सुनाकर शांत रखने की चर्चा, हर चर्चे की जड़ में डॉ नरुला ही थे। दो महीने पहले ही नरुला ने रोबोटिक वैन में आसाम की पहली वर्चुअल रोबोटिक सर्जरी करके सुर्खियाँ बटोरी थी। यह सभा उन्हीं को सम्मानित करने के लिए थी। मंच पर स्वास्थ्य मंत्री, आसाम ने नरुला को एक शॉल और कप दिया। नरुला जैसे ही मुड़ा, आयोजक बोल पड़ा, "सर -सर। हमसब आपको सुनना चाहते हैं। आज ऐसे नहीं जाने देंगे।"

स्वास्थ्य मंत्री ने भी बढ़कर नरुला की बांहें पकड़ ली, "डॉक्टर साहब, कभी कभी तो पकड़ में आते हो। आज तो कुछ कहना ही पड़ेगा।" नरुला कमाल का वक्ता था। सरस्वती मानो उसे आशीर्वाद देकर हाथ हटाना भूल गई

हो। शब्द उसके गुलाम थे, हाथ और सिर ऐसे हिलते, आधी बातें हरकतों से ही हो जाती थी। वो गायक भी कमाल का था और कवि भी। पिछले साल उसने विधान सभा को भी संबोधित किया था। उस समय तो मुझे पूरा यकीन था कि नरुला राज्य सभा की सीट ले जाएगा। पर नरुला का साफ कहना था, "अच्छा लोहार बेकार सुनार हो सकता है। मैं न्यूरोसर्जन हूँ, वहीं सही फिट हूँ।" नरुला ने माईक संभाला, "सबसे पहले मैं अपनी मोबाइल की व्यस्तता के लिए माफी मांगता हूँ। मोबाइल पुरानी पत्नी की तरह, हर मिनट सवाल पूछती है और हर जवाब पर फिर सवाल पूछती है। हस्पताल के फोन मना करने के लिए उतनी ही हिम्मत चाहिए, जितनी पत्नी के फोन ना उठाने के लिए चाहिए।" भीड़ के ठहाकों में वो फिर बोला, "दूसरी माफी और है कि इतने शानदार आयोजन में मेरी पत्नी शुमार नहीं हो पाई। हम दोनो आना तो चाहते थे पर तीसरे ने हड़ताल कर दी। हमारी लेडी डॉक्टर ने कनिका को कम हिलने डुलने की सलाह दे दी है, ताकि तीसरा ठीक से बढ़ सके।" मंच पर हर कोई नरुला की तरफ बधाइयों को इशारे करने लगा। "अब रही बात न्यूरोसर्जन की, तो दिमाग एक बिजली का सर्किट है और मैं मैकेनिक। विज्ञान ने जितना ज्ञान दिया, उसके उपयोग से सेवा हो सके, इससे ज्यादा क्या सुख होगा।" वो बताता गया कि कैसे विज्ञान की प्रगति आसाम को देश के उत्कृष्ट स्वास्थ्य सेवाओं वाले

राज्यों में ला सकती है। कैसे अत्याधुनिक न्यूरो-लैब की चाहत उसे परेशान कर रही है और कैसे स्वास्थ्य सेवाएं अस्पताल से निकल कर घर तक जानी चाहिए। मुझे लगा कि नेता जी जरुर अगला भाषण नरुला से ही लिखवाएंगे। बीस मिनटों तक नरुला भाषण की बीन बजाता रहा और सब झूमते रहे। बहुत सी चीजें ऐसी थी जो मुझे भी नहीं पता थी। पर वो शुरु से ऐसा ही था। जब वो मंच से नीचे आया तो उसकी ऊर्जा भी बढ़ी हुई थी और सभा की भी। बैठकर उसने धीरे से पूछा, "सूरे ज्यादा तो नहीं हो गया?"

"तू सागर है नीरु, सब समेट लगा, कितना भी रायता हो।" मैंने मुस्कुरा कर कहा।

सभा से निकलते-निकलते रात के दस बज गए। नरुला तो चमकता सितारा था, वो हर किसी से मिला। नेता, अस्पताल के मालिक, व्यापारी दल, आई आई टी से रिटायर्ड दो प्रोफेसर, एक कॉमेडियन.......सबसे। और सबने उससे मिलने की जिज्ञासा भी दिखलायी थी। हर कोई नरुला से मिलकर खुश ही होता था। वो उनसे मतलब की बातें इस तरह करता, मानो मुँह तक भरा पड़ा हो। कॉमेडियन से वो बोलने लगा, "ये वाला हिस्सा मेरा कमजोर ही रहा। मैं बचपन से लगभग हर कॉमेडी-शो देखने जाता था। पेट पकड़ कर हँसना तो स्वर्ग जैसा अनुभव होता है। मैंने काफी कोशिश भी की

थी कि मुझे यह कला आ जाए, पर यह मुश्किल है। मतलब, चाहे हमें देखने में आसान लगे, पर यह रंगमंच का सबसे मुश्किल काम है।" मक्खन लगा कर नरुला ने उसे इतना चढ़ा दिया कि वो नरुला को अपना विजिटिंग कार्ड देने लगा। नरुला भी खुशी -खुशी, धन्यवाद कहते हुए कार्ड की फोटो खींची और जेब में डाल लिया। "गुम हो गया तो?" बोल कर वो हँस पड़ा। और उस सितारे के पीछे, मैं धुमकेतू-सा घूमता रहा। वो हर किसी से मेरा परिचय करवाता जा रहा था, "और यह सबसे प्रसिद्ध न्यूरोलॉजिस्ट हैं, डॉक्टर सुरेन्द्र गुसा। यह मेरे सबसे करीबी दोस्त भी हैं और मुसीबत में फँसने पर मददगार भी।"

सामान्य बात थी, लोगो की मेरे बारे में जानने की, कोई रुचि नहीं थी। मुझे कई बार नरुला की यह, बड़ा भाई बनने की आदत, खलती भी थी, पर अब तो मुझे भी आदत हो चुकी थी। गाड़ी के पास पहुँच कर नरुला ने कहा, "सूरे, कल आ जरुर जाना। कनिका को अकेले झेलना आजकल मुश्किल है।"

"हाँ, जरुर।" मैं अपनी गाड़ी में बैठ कर घर की तरफ चल पड़ा। नौ बजे के बाद ही सड़कें खाली हो जाती थी। मेरा घर वहाँ से लगभग चालीस मिनट दूर था। मुझे रात में कार चलाना पसंद था। गजलें, अंधेरा और कार........ यह मेरे अंदर के शायर को जगाना चाहते थे।

मुझे गानों में अच्छे शब्द, अच्छे बोल पसंद थे। गुलाम अली, जगजीत सिंह, आबिदा परवीन........ यही सब मेरी कार के साथी थे। पर जब नरुला के साथ जाना हो तो उसकी ही पसंद चलती थी। वो हमेशा कहता, "सूरे तू पैदा ही बुड्ढा हुआ था क्या? जिन गजलों पर दादा-दादी ने प्यार फरमाया हो, उसके लुत्फ उठाना दादा-दादी की निजी जिंदगी में दखल नहीं हैं? अपने समय के गाने सुन।" और वो फिर हिंदी सिनेमा के शोर-धमाके और जबरदस्ती की तुकबन्दी वाले गाने लगा देता। नरुला मुझसे अलग, कई मायनों में विपरीत था, पर मेरा एकमात्र दोस्त था। दोस्त, जहाँ मुझे झिझक नहीं थी, भरोसा था। गाने में राग चल रहे थे और मैं नरुला के बारे में ही सोच रहा था। वो जिस सफलता के मुकाम पर था, उसे मेरे जैसे या बेहतर दसियों दोस्त मिल जाते। पर वो मुझसे ही चिपका रहता। वो कृष्ण मैं सुदामा, यह कहना भी अतिशयोक्ति नहीं होती। मैंने कई बार उससे पूछा भी कि मेरे जैसे- के साथ निभा रहा है- कोई खास वजह। उसका जवाब बड़ा ही दर्शन भरा था। "सूरे, हर आदमी को भगवान एक सोर्स और एक सिंक के साथ भेजता है। सोर्स तो अधिकतर पुरुषों की कोई ना कोई कन्या होती है। एक, जिसके लिए वो दुनिया से भिड़ जाए, नौकरी छोड़ दे, नदी में छलाँग लगा दे, नस काट ले.........मतलब जो प्रेरणा का स्रोत भी हो और ऐसी रौशनी भी, जहाँ आप पंतगे बने खिंच रहे हों। सिंक वो

दोस्त होता है जहाँ तुम मन की सारी बाते उल्टी कर सको, सारे पाप से हाथ धो सको। सिंक आपकी सारी गंदगी को झेल लेता है। तू मेरा सिंक है भाई। मैं तेरे साथ इतना सहज महसूस करता हूँ। अंदर की कालिख से लेकर दुष्टता के ख्याल, मैं सब तुझसे कह सकता हूँ। और तू भी मुझे सिंक मान सकता है।"

नरुला ने मेरी मुलाकात एम॰बी॰बी॰एस के पहले दिन ही हो गई थी। वो रोल नम्बर सोलह था और मैं अठारह। हमने रैगिंग साथ-साथ दी। वो पहले दिन से ही अलग था। सीनियर्स को थूक वाली चाय पिला देता तो कभी शौचालय वाला पानी पिला देता। मैं तो उसके साथ, शुरु के चार महीने डरता ही रहा। मुझे लगता कि अगर इसकी हरकतें पता लग गई तो साथ में मैं भी पिस जाऊँगा। एक बार तो एक सुंदर सीनियर लड़की को इसने बीच सड़क पर गुलाब का फूल दे दिया और धीरे से बोला, "मैम, रैगिंग है। प्लीज।" लड़की ने भी हँसकर फूल रख लिया। मेरे प्राण ही सूख गए थे। पर वो निडर था। दिन में मैं उसको समझाता की सुधर जा, रोज रात वो मुझे समझाता कि जिंदगी में डरने का नहीं जीने का मजा है। ऐसे ही हम साल दर साल आगे बढ़ते रहे। नरुला का घर एक छोटी हवेली जैसा था। गुवाहाटी के एक किनारे पर, लगभग तीन बीघे में फैला। बाहर की दीवारों पर ताड़-बाड़ लगे थे और सुंदर सा लोहे का दरवाजा था। बाहर पत्थर पर उकेर कर लिखा

हुआ, "नरुला नीड़"और नीचे "देवाशीष नरुला, कनिका नरुला"। अंदर घुसने पर लगभग बीस मीटर तक बगीचे का फैलाव था। एक सड़क सी सीधी जा रही थी, जिस पर कार खड़ी होती, और घर के दरवाजे तक पहुँचने के लिए हरी घास के बीच पत्थर की पतली पगडंडी थी। दोनो तरफ फूल! घर के चारों तरफ जगह थी, बगल में आम और अमरुद के पेड़। पीछे से झांक रहा पपीता और कोने में तुलसी। सामने के बगीचे का बड़ा हिस्सा हरी घास से ढका था, जिस पर बेंत की दो कुर्सियाँ और एक गोल टेबल था। घर के अंदर तो माहौल और भी शानदार था। दो मंजिला घर और एक बेसमेंट भी। उस घर में सबसे अलग जगह वो बेसमेंट ही था। बेसमेंट की सीढ़ियाँ सिर्फ नरुला को ही पहचानती थी। वहाँ कोई और नहीं जाता था। कनिका भी नहीं, मैं भी नहीं। जब भी पूछो, नरुला का एक ही जवाब होता था, "अरे यार, मेरा पर्सनल स्पेश है वो। लाईब्रेरी, लैब, सब।" मैंने अपने आपको कह रखा था, "हमें उसके पर्सनल स्पेश की इज्जत करनी चाहिए।" पर फिलहाल मेरे आने की वजह वो बेसमेंट नहीं बल्कि कनिका थी। कनिका गर्भवति थी, सातवें महीने की समाप्ति होने वाली थी और अब वो अपने पहले गर्भधारण के मानसिक असर से चिड़चिड़ी हो गई थी। नरुला एक पूर्ण पारिवारिक आदमी था। वो कनिका का भरसक पूरा ध्यान रखता था, पर कनिका को आजकल शांति बाहर के लोगों से बात

करके होती थी। मैं और मेरी पत्नी सुमन, हम अक्सर वहाँ जाते और उसका मन बहलाते थे। कभी ताश तो कभी लूड़ो या फिर दुनिया जहान की बातें । वो हँसती और नरुला एक दिन और काट देता। कनिका, नरुला, मैं हम तीनो एक ही कॉलेज के पास-आउट्स थे। सुमन अलग थी पर थी एक ही शहर में। कानपुर, रंग-बिरंगा शहर और हमारा मेडिकल कॉलेज, अतरंगी-सी जगह। मैं और नरुला वहीं मिले थे। एमबीबीएस फिर मेरी एम डी और उसकी एम एस, सब वहीं से थी। कनिका हमारी दो साल जुनियर थी। अगर कनिका को और कानपुर को याद करूँ तो अभी भी मन में हरियाली सी छा जाती है। जब सिर पर बेरोजगारी का खतरा ना हो और जेब में प्रयास धन हो तब युवा अवस्था सुनहरी ही लगती है। नरुला और मैं एम॰बी॰बी॰एस॰ के दूसरे साल से ही रुम -मेट हो गए थे। वो अपने माँ-बाप की इकलौती औलाद था और माँ-बाप का बिजनेश था। पैसों की कमी नहीं, पर संस्कार भी उचित मात्रा में थे। मेरे पिताजी तो डाकखाने में सरकारी मुलाजिम थे। मेरे एम॰बी॰बी॰एस॰ के लिए उन्होंने गाँव की जमीन बेच दी थी। वैसे कानपुर में खर्चा था ही नहीं, पर पिताजी मुझे उस जमाने में भी, हर साल तीस हजार रुपए देते थे। मेरे पास ना दारु का शौक था, ना स्टाईल की चाहत। तो ये रुपए भी ज्यादा ही होते थे। नरुला का बजट भारी था। वो मंहगी शराब भी चखता था और बाईक भी थी। पैसे

उसके भी बचे रहते थे। जब हम दोनो एम॰बी॰बी॰एस पास हो गए, तब हमें वहीं पी॰जी॰ मिल गई। पी॰जी॰ प्रथम वर्ष में सुमन टकराई और दूसरे साल कनिका। कहानी को सरल करूँ तो सुमन से ही शुरु होगी। सुमन किसी मरीज के साथ आयी थी। मरीज को सिर पर चोट लगी थी और वो सर्जरी में दाखिल था। नरुला उस यूनिट का सबसे छोटा डॉक्टर। नरुला ने बात-बात में पता कर लिया कि सुमन केंद्रिय विद्यालय में विज्ञान की शिक्षिका है। नरुला ने मुझे पकड़ा, "सूरे, तू ही मेरी बात करवाएगा।" अगले दिन से मेरा काम था कि नरुला को सबसे समझदार डॉक्टर की तारीफों से ढकूँ। सुमन एक सीधी-सादी, हल्के श्यामवर्ण की, खूबसूरत लड़की थी। लम्बे बाल, सलीकेदार कपड़े और आँखों में नजाकत। "डॉक्टर सुरेन्द्र, तुम इन्हें समझा देना। मैं एक सर्जरी करके आता हूँ।" यह बोल कर नरुला, मुझे और सुमन को वार्ड में छोड़ गया। मुझे नरुला का इम्प्रेशन बनाना था। मैंने भरसक उसके काम की तारीफें की और फाइल के हिसाब से मरीज की हालत भी बताता रहा। जब सुमन का मरीज घर गया, तब नरुला ने कहा, "हम लोग हम उम्र हैं, दोस्त जैसे हैं। कभी भी मन करें, आप आ सकते हैं। मिलने, चाय पीने या फिर बातें करने। बैठ कर दुनिया की बुराई करने में क्या हर्ज है।"

सुमन खुश होकर चली गई, नरुला मुस्कुराता रहा और मैं परेशान! "फँसेगा तू" मैं उसको कहता रहता था।

पर नरुला इस डर से निडर था। उसको जिसका डर था, वो चीज उसका पीछा करने लगी। वो सिर्फ अपने गाइड से डरता था। "पास इसी ने करना है भाई।" यह बोलता। जब सुमन मिलने आई तो घर से बना कर पराठें लायी थी। कॉलेज के मैदान में ही पेड़ के नीचे नरुला ने बैठने का इंतजाम किया था। वो मुझे भी ले गया, "सूरे तू साथ चल। अकेले जाना शायद ठीक ना लगे। पर दो चार मिनटों में निकल लेना। चिपक मत जाना कबाब में हड्डी बन कर।" हम दोनो वहाँ पहुँचे और एक मिनट बाद ही, एक इंटर्न नरुला को ढूंढता आ गया, "गोयल सर बुला रहे हैं।" पहले तो मुझे लगा कि नरुला फिर से युक्ति लगा रहा है पर वो जो गया तो वापिस नहीं आया। मैं और सुमन दो घंटो तक बातें करते रहे, पराठें खाए, और इंतजार किया। उस दिन मुझे सुमन बहुत ही सुलझी हुई, मासूम और प्यारी लगी। रात मैंने नरुला को बताया भी, "भाई, तू कुछ इधर उधर तो नहीं सोच रहा ना? लड़की बहुत ही अच्छी है, वैसी नहीं है।" नरुला ने हँस कर कहा था, "पागल है सूरे। दोस्ती करनी है........ अच्छी वाली।"

दूसरी मुलाकात में भी नरुला नहीं आ सका। आप्रेशन में ही खड़ा रहा और मैं सुमन को शाम में हॉस्टल के चारों तरफ घुमा घुमा कर चाट-पकोड़े खिलाता रहा। तीसरी मुलाकात हुई तब मैं नहीं था। नरुला तैयार होकर उसके स्कूल के कार्यक्रम में गया

था। शाम जब वापिस आया तो उसने मुझे हॉस्टल की छत पर बुलाया। वहाँ वो हँसता ही रहा। गिर कर, लुढक कर, लोट-पोट होकर। "बताएगा भी?" पर वो हँसता ही रहा। "क्या कांड कर आया नीरु?" मैंने खीझ कर पूछा।

"कांड तो हो गया सूरे..........." वो फिर छत पर लेट गया। "सूरे, मैं तैयार होकर गया था। इत्र लगा कर, सूट पहन कर। सोचा था, आज मामला सेट हो जाएगा। पर.........." वो फिर हँसने लगा।

"पर?"

"मामला सेट हो गया था, पहले ही। सूरे, मैं तो देवर था भाई। भाभी तेरे नाम की माला पहने घूम रही थी।" वो फिर से ठहाके मार कर हँसने लगा।

"सच बता तू क्या कर आया नीरु" मैंने उसको पकड़ कर पूछा।

"सूरे, मैंने कहा कि मिलने जुलने से ही हम उम्र लोग दोस्त या साथी-चुन पाते हैं। अब जमाना बदल रहा है। उसने हाँ में हाँ मिलायी। बोली अब मिलते नहीं तो आपके जैसे मित्र नहीं बनते और सुरेन्द्र जी जैसे लोग से परिचय नहीं होता। देव, आप मित्र हो, आपसे बोल सकती हूँ। मुझे सुरेन्द्र बहुत पंसद हैं। सूरे उसने तेरी वो तो खासियत बतलाई जो तेरी माँ को भी पता नहीं होगी।" नरुला फिर से पेट पकड़ कर हँसने लगा। "सूरे मेरी दुनिया लुट गई भाई।"

उस रात मुझे समझ ही नहीं आया कि मैं क्या प्रतिक्रिया दूँ। नरुला खुश था और मैं मानो शून्य में गुम हो गया।

अगले दिन से नरुला मेरे पीछे पड़ गया। सुमन के लिए प्यार जगाने का मिशन। हालाँकि सुमन तो पहली नजर में ही पंसद थी, पर अब नजरिया बदलना था। वो मेरे नाम से सुमन को उपहार दे आया और कभी ग्रिटिंग कार्ड तो कभी चिट्ठी। पता नहीं क्या -क्या जुगाड़ नरुला ने खुद ही कर दिए। पर मेरा मन बोझिल था। मुझे लगता रहा कि यह प्यार मुझे नरुला से दूर कर देगा। एक बार मैंने ये बात नरुला को खुल कर बतायी तो वो हँस पड़ा, "सूरे, सुमन जी बहन हो गई मेरी। धर्म से, कर्म से, हर तरह से। तेरे जैसे को छोड़ूँगा थोड़े ही। तीन दिन दे, मैं अपने लिए किसी को ढूंढता हूँ।" तीन दिनों के बाद नरुला ने मेरा और सुमन का मिलन करवाया, कानपुर के रेस्ट्रा "हैपी डे" में। मैं और सुमन झेंपते, शरमाते बैठे थे और नरुला एक लड़की के साथ अंदर आकर बैठ गया। जब पाँच मिनट तक सिर्फ नमस्ते और चाय, कॉफी की ही बातें हुई तो नरुला उठा। "सुनो लेडीज एंड डॉ॰ सुरेन्द्र! ऐसे तो अगला दिन हो जाएगा, या फिर अगला साल। तुम लोगों की जगह मैं ही बोल देता हूँ। सुनो सुमन जी! ये आदमी मेरा दोस्त, मेरा भाई, एक अच्छा आदमी है। इसको आप बहुत पंसद हो। ये शर्माता बहुत है तो पता नहीं कब बोलेगा,

पर जब भी बोलेगा, यही बोलेगा। अब भाई सुरेन्द्र जी, सुमन मेरी बहन जैसी है, मेरी दोस्त भी है और तुमको पसंद करती है। यह तो तुम्हें कभी नहीं बोलेगी, पर जब भी बोलना चाहेगी, यही बोलेगी। किसी को कुछ पूछना हो तो अभी पूछ लो।"

सुमन ने शर्माते हुए हाथ ऊपर किया, "एक सवाल है। मैडम का भी परिचय करवा दो।" नरुला हँसा और बैठ गया। उसने साथ बैठी लड़की का हाथ पकड़ कर कहा, "यह मेरे हिस्से की किस्मत है, सुरेन्द्र की बहन जैसी, कनिका।" उस दिन मैं पहली बार कनिका से मिला था। नरुला की वजह से मेरा और सुमन का रिश्ता शुरु हो गया था। पर कनिका मुझे चार महिनों बाद दुबारा मिली। इस बार इंटर्नशिप करने आई थी तो टकरा गयी। और मेरे पूछने पर कि कैसा चल रहा है उसका और नरुला का, उसका जवाब मुझे हिला गया, "सर, वो तो डॉ॰ नरुला ने मुझे एक्टिंग के लिए आग्रह किया था। मेरा उससे कोई लेना-देना नहीं है।" मुझे समझ नहीं आया कि मैं नरुला से प्यार करूँ या नफरत, पर वो ऐसा ही था। एम डी के फाईनल सत्र में मेरी सगाई सुमन से हो गई और नरुला मेरा दोस्त और उसका भाई बना ही रहा। फिर नरुला का चयन एम॰सी॰एच॰ न्यूरोसर्जरी के लिए हो गया और मेरा डी॰एम॰ न्यूरोलॉजी के लिए। हम दोनो सफदरजंग अस्पताल दिल्ली आ गए और सुमन ने वहाँ की नौकरी छोड़ कर दिल्ली में काम पकड़

लिया। कनिका भी सफदरजंग में ही एम॰डी॰ पैथोलॉजी करने आ गयी। पहले का चाहे लेना-देना हो या ना हो, पर कानपुर के चार लोग सफदरजंग अस्पताल में थे तो मिलना भी होने लगा। और पता नहीं कितना धीरे, पर नरुला की और कनिका की बातें, चाहतों के पायदान पर चढ़ती-चढ़ती सगाई और शादी तक पहुँच गई। मेरी और सुमन की शादी भी डी॰एम॰ के आखिरी साल में हुई और उसके दो महीने बाद नरुला और कनिका की शादी हुई। इतने सालों का साथ और घटनाओं का असर हम चारों को एक अघोषित परिवार के रुप में रखता था। फिर भी, मेरी और नरुला की दोस्ती, इस परिवार -प्यार से ज्यादा गहरी थी। अब कनिका गर्भवती थी तो हम चारों ही खुश थे। नरुला गुवहाटी ही नहीं पूरे नार्थ-ईस्ट में प्रसिद्ध था, अमीर था और स्थापित था। ऐसे में परिवार पूरा हो, यही अगला लक्ष्य नजर आता था। मेरे और सुमन के केस में किस्मत अच्छी नहीं थी। हमारे तीन साल की कोशिश में भी सुमन गर्भवती नहीं हो पायी थी। कुछ पी॰सी॰ओ॰डी॰ जैसा बताया गया था। पर हम दोनो अपनी किस्मत से संतुष्ट थे और कनिका के लिए खुश। जब मैं और सुमन कनिका के पास पहुँचे तो वो दुखी थी। उसकी समस्या अजीब थी, "मुझे अजीब सा मूड-स्विंग हो रहा है। देव मुझे सबसे प्रिय हैं पर उनकी आवाज सुनते ही चिड़चिड़ापन हो रहा है। ना दिखे तो घबराहट होती है, सामने बैठें तो गुस्सा आता है। भैया,

मैं क्या करूँ।" मेरे पास कोई जवाब नहीं था, मैंने हँस कर कहा, "पता नहीं, मेरे साथ ऐसा कभी नहीं हुआ, ना होने की उम्मीद है। इस मसले में पुरुष होना हितकारी है।"

सुमन बोली, "कनिका, तुम फोटो खींच कर रख लो। जब जी चाहे देखो जब जी चाहे, कोसो।" हम हँस पड़े। नरुला वहाँ नहीं था, वो रसोई में कुछ कर रहा था। कनिका ने कह रखा था, कि वो सिर्फ नरुला के हाथ का ही खाएगी, यह भी अलग सी मांग थी। नरुला बाहर आया तो हाथ में ट्रे और ट्रे में चाय, बिस्किट रखे थे। "लो, घर की संस्कारी बहू आ गयी।" मैंने हँस कर कहा। बहुत कम मौके होते थे जिसमें नरुला पर छींटा काशी की जा सके।

"पुराने जमाने में गर्भधारण करते ही लड़की मायके चली जाती थी, फिर सीधा बच्चे के साथ ही आती थी। कितना आराम था, कितना सकून था।" नरुला ने बिस्किट का पैकेट कनिका कर तरफ बढ़ाया। हम सब हँस पड़े। कनिका ने मुस्कुरा कर कहा, "बस बोलते हैं ये। जब भी कहो घर जाना है, स्कूली बच्चे की तरह फैल जाते हैं। मानो मैं सारे पैसे, किताबें, सब लेकर भाग रही हूँ। एक दिन भी कहीं जाने नहीं देते।"

"आदत भाभी, आदत। जैसे कुत्ते को लात की उसी तरह मुझे इसके डांट और बात ही आदत हो गई है।"

नरुला ने सफाई दी और हम सब हँस पड़े। दो घंटो तक हमलोग कनिका का मन लगाते रहे। नरुला का प्यार और उसकी सेवा विदित थी। घर बच्चे की स्वागत में मानो आतुर हो, दीवारें, खिड़कियाँ सब उत्सुक, उल्लासित सी दिख रही थी। कनिका भी अब इस अवस्था में पहुँच चुकी थी, जहाँ किसी भी दिन खबर आ जाए। हालाँकि डॉक्टर ने लगभग एक महिना और बताया था। जब मैं और सुमन वापिस आए तो दिल में कहीं हँसी और खुशी के बोझ के नीचे दबे बच्चे के अरमान ने आवाज लगाई। "सॉरी सुरेन्द्र, तुम और भी प्यारे पिता बनते, पर मेरी वजह से........"। सुमन को मैंने आगे बोलने नहीं दिया। उसका हाथ पकड़ लिया और कहा, "जो मेरे पास है, वो ऑक्सीजन है, इसे हटा कर इत्र ढूंढना समझदारी नहीं।"

अध्याय - 2

ऐसा नहीं था कि मेरा या सुमन का दिल बच्चे के लिए कम संवेदना रखने लगा हो, पर हर बार अपने गर्भ से जनी औलाद की टीस अब कम तर थी। हमने लगभग दो साल पहले ही इस टीस से छुटकारा पाने की कोशिश शुरु कर दी थी। बच्चा गोद लेने की सारी कवायत लगभग मुझे याद हो गई थी। अपने देश में बच्चा गोद लेने के कई तरीके बताए गए। अपने रिश्तेदार में से किसी का बच्चा पाल लो, अस्पताल में दुर्घटना में मरे लोगों के बच्चे लिए जा सकते हैं, किसी को कई लड़कियाँ हो तो वो खुशी-खुशी दे देगा या एक आदमी है, जो बच्चे का इंतजाम करवा देगा, यह सब मेरे तरीके आगे में घूम रहे थे। जो सबसे सीधा, सफेद रास्ता था वो सरकारी ही था। "कारा"नाम के पोर्टल पर हम दोनों ने अपनी जानकारी भर दी और अब इंतजार

में खड़े थे। बीच-बीच में सुझाव आते भी थे, छोटे रास्ते से बच्चा हासिल करने के, पर मैं डरपोक भी था और कानून मानने वाला भी। हर महीने की तरह इस बार भी सुमन ने मंदिर में एकादशी की पूजा पूरी की और मैं हर बार की तरह बाहर खड़ा जल्दी पूजा खत्म होने की राह देख रहा था। सुमन सलीके से पूजा करती थी और मुझे मंदिर में आनंद कुछ मिनटों का ही मिलता था। घुसो, श्रद्धा से नमन करो, मन ही मन बातें बता दो और सिर झुका कर वापिस आ जाओ। इससे इतर होने वाले हर प्रकरण से मुझे लगाव नहीं था, पर घृणा भी नहीं थी। अगर कभी मंदिर खाली मिले तो मैं घंटो वहाँ बैठना भी चाहूँगा। पर दुनिया में मंदिर ही सबकी कचहरी है, खाली मिलना मुश्किल होता है। ऐसे में नरुला का फोन आना मुझे अच्छा ही लगा, सोचा कुछ समय नकली बातों में निकल जाएगा। पर उधर से कुछ क्षणों तक आवाज ही नहीं आयी, मेरी घबराहट बढ़ गई। “नीरु...............”

“सिटी हॉस्पिटल.........जल्दी आजा।” नरुला की आवाज अलग ढंग की लगी, मायूस, हतास, दुखी.........। अंदर सुमन पंडित जी से कुछ बातें कर रही थी। मैंने आवाज लगाई, “सुमन, जल्दी........। इमरजेंसी है।”

हम दोनो बिना समय गवाए, अगले पंद्रह मिनटों में सिटी हॉस्पिटल पहुँच गए। जैसे जैसे हॉस्पिटल नजदीक आ रहा था, मेरे दिल की धड़कन, अनजान, अनहोनी

पर बढ़ी जा रही थी। अंदर पहुँच कर नरुला को देखा तो मानो कुछ धड़कने रुक गई हो। वो एक कोने में फर्श पर बैठा था। आस पास जगहें खाली थी पर सीट पर ना बैठ कर वो कोने में सिर पकड़े बैठा था। नरुला का नीचे फर्श पर बैठना मेरे दिल में डर बैठा गया। मैं शून्य अवस्था में दौड़कर उसके पास बैठ गया। नरुला ने सिर उठाकर मुझे देखा और गले लगाकर रोने लगा।

"नीरु, क्या हुआ?"

"कनिका......" वो आगे कुछ नहीं बोल पाया। सिटी अस्पताल ना नरुला के लिए अनजान था, ना मेरे लिए। लगभग हर किसी को हम दोनो जानते ही थे। मैंने नजर उठा कर देखा तो अस्पताल के एम॰डी॰ वहीं खड़े थे। और भी चार-पाँच लोग नरुला के आस पास हाथ में हाथ डाले, गंभीर मुद्रा में खड़े थे। मैं उठकर एम॰डी॰ के पास आ गया तो वो मेरे साथ गली में चल लिए। "मैडम एडमिट हैं। हालत अच्छी नहीं है।"

"क्या हुआ?"

"पता नहीं सर। हमें सुबह तीन बजे डॉक्टर साहब के घर से फोन आया था कि एम्बुलेंस भेजो। पर साढ़े तीन बजे डॉ नरुला खुद ही मैम को लेकर आ गए। दिल की धड़कन बहुत धीरे थी, बीस-बाईस के आस-पास। तब से सब लगे हुए हैं। पेसिंग हो गई, दो बार सी॰पी॰आर॰ हो गया पर कुछ फायदा नहीं हुआ।"

मैं पूछना चाहता था कि अब क्या हालत है, पर कुछ पूछ नही पाया। पर मेरे चेहरे पर प्रश्न देखकर एम॰डी॰ खुद ही बोल पड़े। "तीसरा सी॰पी॰आर॰ चल रहा है। उम्मीद तो शून्य है।"

मैंने अपने हाथो से आँखें ढक ली। कुछ दिनों पहले ही तो हमसब कनिका को खुश रखने की कोशिश कर रहे थे। गर्भावस्था........... अचानक मेरे दिमाग में बिजली सी गिरी। "वो गर्भवति थी।"

"हाँ सर, बच्चे को सिजेरियन से निकाल लिया है। वो भी सुस्त है। एस॰बी॰ए॰ है। अभी बेहतर है।"

मैंने मन में ही भगवान को धन्यवाद कहा। मानो डूबते को सहारा मिल गया हो। दोनो के गुजरने का गम ज्यादा होता। पर कनिका का यूँ अवसान, मेरे दिल और दिमाग में नहीं उतर पाया। मैं एम॰डी॰ के साथ अंदर गया तो कनिका को मृत घोषित कर चुके थे। वो शांत, नीली और अधखुली आँखों से मानो कुछ भी नहीं देखना चाह रही हो। शरीर बिना आत्मा के कैसा हो जाता है। मेरे आँसू गिरने लगे। मैं वापिस नरुला के पास आ गया।

अगले पाँच दिनों तक मैं नरुला के साथ ही रहा। सुमन भी सुबह-शाम फोन करती और हाल-चाल पूछ कर बस यही कहती, "नरुला जी का ध्यान रखना और अपना भी। मेरे लायक कुछ हो तो बताना।" मैं उसी के

घर में बसा हुआ था। वो पहले दो दिन रोता-सुबकता ही रहा। कभी कोई फोटो निकालता, उसे देख कर रोता तो कभी कोई चिट्ठी। पर तीसरे दिन वो बदला हुआ उठा। "सूरे, मैं सोच रहा हूँ कि बेटी को घर ले आएं।" "पूछ लेते हैं डॉक्टर से।" मैंने उसे कहा। कल भी हम दोनो अस्पताल में छोटी बिटिया को देखने गए थे। नरुला ने उसका नाम रख दिया था-"परी"।

डॉक्टर कह रहे थे कि दो हफ्ते रखना चाहेंगे। एक तो वजन कम था, दूसरा उसे सांस में थोड़ी दिक्कत थी। उसे ऑक्सीजन मिल रही थी। "सूरे, मैं उसे घर में ही इलाज करवाऊँगा। मुझे डर लग रहा है।" नरुला ने नम स्वर में कहा।

"नीरु, डर कैसा। अरे घर पर ज्यादा डर होगा। वहाँ तो सुविधाएँ पूरी है।" "डर.........सूरे। सिर्फ बीमारी ही दुश्मन नहीं है। कनिका कौन सी बीमार थी।" वो बोलते-बोलते अटक गया, लंबी सांस खींच कर फिर शुरु हुआ, "बीमारी तो छोटा बहाना होता है। भाई, डॉ नरुला की पत्नी उसकी आँखों के सामने चली गई, मैं कोई जादू नहीं कर सका यार। परी को मैं आँखों के सामने रखना चाहता हूँ। मेरे जीने का वही सहारा है। माना कर.........चल लेकर आते हैं।"

मैंने थोड़ी देर जिरह की कोशिश की पर नरुला ज्यादा परेशान भी था और तार्किक भी। घर में ओवर

हेड वार्मर और ऑक्सीजन आ गए। एक नर्स आ गई और डॉक्टर भी दो तीन बार आकर देखने को मान गए। परी घर पर आई तो मानो काली रात के बाद पौ फटने वाली रौशनी आ गई हो। गुलाबी, बिना बालों के भी असीम सुंदरी, छोटी छोटी आँखें, छोटे होठ, कान इतने नर्म की मानो पारदर्शी हों। सेंटीमीटर भर की अंगुलियाँ और गुलाबी त्वचा! उफ! जिसे भी भगवान पर शक हो, वो नवजात को देखे। ये कहाँ साईंस है, ये तो पूरा ही आर्ट है, कलाकारी। नरुला तो वहीं जम गया। ओवर हेड वार्मर के पास उसने अपनी कुर्सी लगा ली। घड़ी -घड़ी उठता और परी को निहारता, फिर कभी आँखें पोंछता या मुस्कुरा देता, फिर बैठ जाता। जब कुछ घंटे बीत गए, मैं थोड़ी देर सोकर भी आ गया, तब भी यही क्रम जारी था। वे बीच-बीच में हाथ धोता, हीटर पर सुखाता और परी को छूकर मुस्कुरा देता था। मैंने उसे पुकारा, "नीरु, ज्यादा खड़े रहने से बच्चा जल्दी नहीं बड़ा होगा। उसको आराम करने दे और तू भी कुछ खा-पी ले।"

नरुला मुस्कुरा कर कमरे से बाहर आ गया। "सूरे, कमाल है ना? ये साले गिनती के गुणसूत्र क्या कलाकारी कर देते हैं। परी तो कनिका जैसी ही है। मैं तो सोच रहा था कि कनिका भी बचपन में बिल्कुल ऐसी ही होगी। मैं तो सूरे कनिका के इश्क से निकल भी नहीं पाया और परी की मोहब्बत में पड़ गया। कितना अच्छा होता

मेरे पास दोनो होते। मैं दुनिया का सबसे सुखी आदमी नहीं होता?”

मैंने नरुला के कंधे पर अपना हाथ रख दिया, “सब भगवान का हिसाब है, सिर झुकाकर स्वीकार करना ही समझदारी है।”

नरुला कर्मवादी था। हाँ नास्तिक भी नहीं था, पर उसे अपने हाथ पर, काम पर भरोसा था। बस कनिका की मृत्यु पर वो थोड़ा डिगा जरुर था, पर अभी भी “सब ईश्वर की कृपा है” जैसे बातों पर वो खुश नहीं था। “सूरे! भगवान ने अगर जानबूझ कर कनिका को ऐसा किया तो और भी वजह है कि मैं उसकी सत्ता और उसका हस्तक्षेप अस्वीकार कर दूँ। खैर छोड़! मुझे मेरे जीवन का लक्ष्य मिल गया है। परी। अब जीवन में यही काम है, इसको पालूँ, लाड़ करुँ और ये, देखना एक दिन, इस देश की सबसे प्रसिद्ध वकील बनेगी।” नरुला अपने अरमान बताता रहा और मैं अपने दोस्त को गम के दलदल से निकाल कर उत्साह के मैदान में दौड़ता देख रहा था। मेरे दादा जी बरबस याद आ गए। वो ९२ साल के थे और उन्होने मरने से पहले मुझे बहुत सारी ज्ञान की बातें बताई थी। “जीवन में कुछ भी जरुरत नहीं, सब समय परायण है। आज मैं प्यारा हूँ, कल मैं मिट्टी हो जाऊँगा। समय की चक्की में हम सब, हमारे सारे काम, सपने सब गेहूँ हैं। पिसने से पहले जैसे भी हों, समय

से पिस कर एकसार हैं।" नरुला भी समय के हिसाब से बर्ताव कर रहा था। कई बार मुझे सुमन अपने से ज्यादा समझदार लगती थी पर मेरा यही भरोसा नरूला पर भी था। "वो मास्टर-पीस है" "उसके तो गर्दन में भी दिमाग हैं" "वो गोबर से डीजल बनाने वाली पार्टी है" ऐसे वाक्य तो हम सब उसके बारे में कॉलेज में भी बोलते थे। अगर वो परी को कुछ अलग ढ़ंग से पालना चाहता है तो उस ढ़ंग को मैं सीधा-सीधा गलत नहीं बोल सकता था। क्या पता, वहाँ से देश की सबसे तेज-तर्रार वकील निकल आए?

"तुम कैसे पालोगे बच्चा।" सुमन ने फिर से वही सवाल दागा जो वो पहले भी कई बार पूछ चुकी थी। हर बार अलग-अलग जवाब देकर और उसके बाद सुमन के तरफ से सुधार के तर्क सुनकर मैं सवाल दर सवाल ज्ञानी हो रहा था। "मेरे घर में शिक्षिका है ना, वो संभाल लेगी।"

सुमन हँस पड़ी पर वो शिक्षिका ही थी और शब्दों एवं परिस्थितियों का खेल मेरे से बेहतर जानती थी। "अगर मैं किसी काम से साल दो साल कहीं चली गयी तो?"

"साल दो साल? मैडम यहाँ तो सबसे लम्बी छुट्टी मेटरनिटी भी छह महीनों की है। साल दो साल का कौन सा काम होता है?"

"या कनिका की तरह..........।"

"चुप रहो।"

मेरे बचपन में माँ हमेशा डांटती थी कि शुभ-शुभ बोला करो, क्या पता कब जीभ पर सरस्वती बैठ जाए। मुझे अब भी यह डर लगता था कि मजाक में ही सही पर गड़बड़ बोलना ही क्यों है। नरूला की भी आदत थी उल्टा-पुल्टा बोलने की। क्या पता कभी कनिका के लिए भी मजाक में कुछ बोला हो और भगवान ने कबूल कर लिया हो। खैर मैं अपने आपको तो कुदरत के आगे तुच्छ इंसान ही मानता था। कई बार लगता था कि अगर भगवान धरती पर मिलने भी आएंगे तो नरूला से मिलेंगे, सुमन से भी मिल सकते है, मुझसे तो क्या ही मिलेंगे। पर फिर मन खुद ही कहता था कि भगवान हर बच्चें के लिए उपलब्ध हैं, बराबर हैं और मैंने सुमन को डाँट लगाई,"चुप रहो। कैसी बैकार की बातें बोलती हो। तुम्हें क्यों कुछ होगा।"

सुमन ने इशारा किया कि वो तो वैसे ही, पर कुछ बोली नहीं। बात का मुद्दा बदला और माहौल भी। अभी हमारा क्रम अनाथाश्रम में पाँचवा हो गया था। शायद नागालैंड जाने से पहले नम्बर लग जाए।

नरूला ने मुझे शाम में चाय पर बुलाया तभी मुझे आभास था कि कुछ गुप्त है जो वो बताना चाहता हो। पर मेरे मन में हमेशा जानने की खलबली के साथ, जानने के बाद की परेशानी का डर भी रहता था। कुछ सुनो तो दिमाग में जायेगा ही। फिर अगर कुछ करना नहीं है, प्रतिक्रिया नहीं देनी है तो खलबली और भी रहेगी। फिर भी अपने डर को दरकिनार करता हुआ मैं नरूला के पास जाने के लिए तैयार हो गया था। सुमन ने टोका,"कुछ ले जाओ परी के लिए। अब उस घर में छोटी बेटी भी है, खाली हाथ मत जाओ।"

"छोटी बेटी तो है पर बीस दिनों की"

"पर है तो सही........ ले जाओ। सॉफ्ट ट्वाय या कपड़े........ कुछ भी।"

सही था, घर जा रहा था तो खाली हाथ जाना ठीक नहीं। ये समस्या सिर्फ इस बार नहीं हुई थी, मेरे साथ पैदाइशी थी। जब मेरा मेडिकल में चयन हो गया तो मैं कूदता हुआ अपने विज्ञान के शिक्षक के घर चला गया था, आशीर्वाद लेने। बाद में माँ ने डांटा था, पागल है क्या? खाली हाथ चला गया। उसी तरह शादी के बाद जब सुमन के घर गया तो वहाँ हमारे लिए दुनिया भर के उपहार पड़ें थे और मेरे हाथ में सिर्फ कार की चाबी। सुमन ने अपने थैले से सबके लिए कुछ ना कुछ निकाला और हर बार मेरी तरफ देखते हुए कहती रही,

"ये हम दोनों की तरफ से तुम्हारे लिए।" हम दोनों में मैं तो लगभग गायब ही था। एक बार जब हम चारों, मैं, सुमन, नरूला और कनिका बैठकर गप्पे हाँक रहे थे, नरूला ने पूछा था, "भाभीजी इस कंजूस ने आपको क्या उपहार दिया?" मेरे मुँह से यही निकला था, उपहार? किस चीज का? और काफी हँसी के बाद उसने घोषणा कर दी थी, "सुरे, तुम में सॉफ्ट स्किल शून्य से भी कम है।" अब तो मैं भी मानता हूँ कि मेरा न्यूरल सर्किट खराब है। यहाँ मरीज भी ठीक हो जाए तो मिठाई ले आता है पर मेरे दिमाग में ऐसी" सॉफ्ट स्किल" की बातें आती ही नहीं। खैर, हर बार मैं अपने आपको यही समझाता रहता कि अब इस उम्र में घड़ा पक चुका है, भरेगा, फूटेगा पर अब बदलेगा नहीं। उम्र के साथ कुछ अच्छी आदतें भी जमा हुई थी। जैसे कि मैं सुमन को टोका टाकी को सलाह समझ लेता था। इसलिए मैंने एक छोटा रंग-बिरंगा टैडी बियर खरीद लिया। नरूला दरवाजे पर ही चहल कदमी कर रहा था। एक बार तो मुझे उसे घर से बाहर खड़ा देखकर डर लगा। "बाहर क्यों घूम रहे हो भाई? सब ठीक है?"

"हाँ।" उसने धीरे से कहा, "परी सो रही है। तुम आकर घंटी बजा देते इसीलिए बाहर खड़ा था।"

मेरे जान में जान आयी। हम दोनों आ गए। मुझे जैसा समझाया गया था, उससे एक कदम आगे बढ़कर

सबसे पहले परी वाले कमरे में परी को प्यार किया, टैडी बीयर उसके बिस्तर पर रखा और फिर वापस आ गया। बाहर नरूला ने टी बी बन्द करके अपनी कुर्सी मेरी कुर्सी के पास खींची। "मैं कुछ बताना चाहता हूँ। कनिका के बारे में..........।"

मुझे समझ नहीं आया कि क्या जवाब दूँ। शायद गम में निकलना आसान नहीं था। मैंने उसकी तरफ झुककर अपना हाथ उसके कँधे पर रख दिया।

"मेरे दिल पर बोझ है, बहुत भारी। मानो हर साँस में टनों पत्थरों के बीच से खींच रहा हूँ। मुझे पता है कि तुम मुझे अच्छा नहीं मानोगे, फिर भी सूरे, तेरे अलावा मैं किसी से यह बात नहीं कह सकता।"

मैंने कंधे पर हाथ से थपकी देकर बता दिया कि मैं हूँ।

"जब हमें लगता है कि सब कुछ हमारे हाथ में है, भगवान एक क्रूर मजाक करते है और हमें औकात बताते हैं। बस यू समझ ले कि मेरी औकात एक मकड़ी से भी बदतर है। मकड़ी, जो अपने सहकर्मी को खा जाती है। मेरी वजह से कनिका की जान गई।"

"नीरू, सब डेस्टीनी होती है भाई। तू दुखी रहेगा, तो कौन-सा कनिका की आत्मा खुश होगी। ऊपर उठ, अब तेरे पास परी है। आधी कनिका ही है वो। उसी को पालना-पोषणा है, उसी को खुश रखना है।" ये सारी

बातें लगभग उन बातों के जैसी ही थी जो मैं मरीज के रिश्तेदारों को मरीज की मृत्यु खबर सुनाने के बाद बोलता था। पर अब मेरी संवेदना ज्यादा निजी थी।

"तुझे पता है कि बेसमेंट में मेरे पास क्या है?" नरूला उठ कर खड़ा हो गया। मैं भी साथ ही खड़ा हो गया। वो बोलता रहा और बेसमेंट की तरफ चलता रहा। मैं भी पीछे-पीछे चल पड़ा।"तुम तो दो-तीन बार देख भी चुके हो।" सीढ़ियों से नीचे उतर कर उसने लाईट जला दी। बेसमेंट में बहुत कुछ टूटा-फूटा था। टेबल, कुर्सी सब बेतरतीब। पिंजड़े खुले और खाली। "मैं यहाँ न्यूरो सर्जरी के प्रयोग भी करता था। वैसे तो गैरकानूनी होते थे, पर जब आँख पर"खास" होने का गुरूर छा रहा हो तो कौन दिखता है। खैर मेरा प्रयोग था कि एसिटाईल कोलीन से मिश्रित हवा से साँस लेने पर क्या चूहे शांत हो जायेगें?" नरूला बिना मेरी ओर देखे, बिना मेरे जवाब का इंतजार किए, बोलता रहा, "ये दिमाग में जाकर हिप्पोकैम्पस पर काम करेगा, सेरोटोनिन को कम करेगा। इसी प्रयोग के लिए तीन चूहे थे मेरे पास जो चार-पाँच दिनों से चमड़ी में सेरोटोनिन का इंजेक्शन लगवा रहे थे। उस रात भी मैं यही कर रहा था। पर.........." नरूला ने सिर घुमा कर मेरी तरफ देखा। उसकी आँखो में आँसू भरे थे। "पता नहीं कैसे, केल्शीयम वाला इंजेक्शन उस एसीटाईल को ए में गिर गया और फूट गया। उसके बाद धमाका सा हुआ और गैस फैल गई। मैंने जैकेट उतार

कर बीकर पर डालने की कोशिश की मगर खुद गिर पड़ा। मुझे पता ही नहीं चला कि अगले दस-पंद्रह मिनटों में क्या हुआ। जब होश आया तो कनिका इधर ही गिरी हुई थी। पता चला कि जब दुर्गंध ऊपर पहुँची तो उसने नौकरानी को कहा कि एक्झोस्ट चलाना पड़ेगा। वो मुझे आवाज लगाती हुई नीचे आई, एक्झोस्ट चलाया पर खुद.............। चूहे शांत हो गये, मैं बेहोश और कनिका.......।" नरूला हँसा और फिर रो पड़ा। वो काफी देर तक रोता रहा। मैं सहमा-सा उस कहानी को पचाने की कोशिश कर रहा था जो उसने मुझे सुनायी थी।

***

मैंने नरूला को ऐसा कभी नहीं देखा था। वो तो हवा में झूमती फूलों की बेल जैसा था, जिसकी उपस्थिति परिवेश को महका दे। वो विज्ञान को भी साहित्य और कला की तरह पेश कर सकता था। ऐसे में उसका गंभीर वैज्ञानिक उवाच मेरे लिए असहजता पैदा कर रहा था।

अगर यह बातें नरूला के अलावा किसी और ने की होती तो मुझे गुस्सा आता और वह भी बहुत ज्यादा। "जब रोम में रहते हो तो वो करो जो रोमन कर रहे हैं।" की बात सच थी। कानून और मर्यादा दोनों ही जरूरी आयाम है। जब कानून आपको मुर्गे पर प्रयोग करने नहीं दे रहा हालाँकि आप उसे खरीद कर खा सकते है, तो कोई वजह होगी। हर वजह अपने अनुभूति से जानना भी मुर्खता ही है। कनिका की हत्या, हाँ अब तो हत्या ही लगती थी, मैं जाने-अनजाने नरूला की ही मुर्खता थी जिसके बल पर वह अपने आपको अजेय समझता था। पर नरूला मेरा वही दोस्त था जो पुरानी स्मृति से ही मेरे साथ खड़ा था- स्थिर। मुझे गुस्सा नहीं आया बल्कि अफसोस ही हुआ। कनिका का जाना तो ऊपर वाले ने तय किया था, नरूला तो जरिया बन गया शायद। मैंने खुद के सदमे और अवसाद को छिपा कर अपना कंधा आगे कर दिया और नरूला उस पर सिर रखकर रोता रहा। अगर रोना इंसान की कमजोरी का प्रतीक होता तो कुदरत हमें धीरे-धीरे इससे निजात दिला देती। रोना तो अच्छा होता है, यह हमारे अंदर की बैचेनी का प्रतीक

है जो हमें अपनी कमजोरी से लड़ा रही है। जैसे कि मेडिसन में पढ़ाया करते थे- बुखार तो लक्षण है कि शरीर के अंदर प्रतिरोधक क्षमता कीटाणु से लड़ रही है। अगर किसी में प्रतिरोधक क्षमता ही ना हो तो बुखार ही नहीं आएगा और वो कीटाणु से मर सकता है। नरूला के हर आँसू के साथ उसकी टाईप ए प्लस पर्सनालिटी के कीटाणु भी बाहर आ जाएं और वो एक सामान्य न्यूरोसर्जन बनकर जीने को तैयार हो जाए.........शायद। लगभग बीस मिनटों के बाद जब हम दोनों बेसमेंट से ऊपर आए तो नरूला चुप था, दुखी था। उसने ताला लगाया और कहा, "मैं अब कभी इधर नहीं जाऊँगा।" "मुझे अच्छा लगा कि तुम अब सामान्य हो रहे हो। भाई अब तेरे पास परी है, उस पर ध्यान दे।"

नरूला ने सिर हिला कर हामी भरी। "तुम कब जा रहे हो सुरे। क्या प्लान है?" "अभी दो महीने हैं लगभग। एक्शटेंशन तो मान ली गई है। सुमन भी चलेगी, अगर हमें बच्चा मिल गया तो। अगर नहीं मिला तो मैं अकेला ही जाऊँगा। हम बच्चे वाला टर्न छोड़ना नहीं चाहते।"

"और वापसी।"

"तीन महीने तो लगेंगे ही चीजों को समझने और समझाने में। उसके बाद बीच-बीच में जाना है। तुम्हें पता है जब हमने पहली नौकरी पकड़ी थी तब डायरेक्टर ने क्या कहा था?"

"हाँ, सही कहा था मोटे ने। तीन महीने हम नई जगह से आश्चर्य चकित और सम्मोहित होते है, फिर तीन महीने हमें वहाँ की बुराईयाँ परेशान करती हैं और फिर तीन महीने हमारा द्वंद चलता है। नौ महीने में हम धीरे-धीरे सिस्टम में और सिस्टम हममें फिट होता है।"

"बस मैं अच्छे तीन महीनो के बाद भाग जाऊँगा।" मैंने हँस कर कहा। कुछ देर हम लोग साथ बैठे और नरूला बताता रहा कि परी के लिए उसने क्या-क्या इंतजाम किए है। घर में काम करने वाले तीन लोग थे ही, एक नैनी अलग से आ गई थी जो कि रिटायर्ड नर्स थी। उसकी बाते सुनकर लगा कि मैंने बच्चे के लिए कोई तैयारी नहीं की हो। मैंने और सुमन ने बस यही सोचा था कि मंदिर में भंडारा करवायेंगे ताकि सब शुभ-शुभ हो जाये। और सच कहूँ तो मेरे बस में था भी नहीं की मैं इतनी तैयारी कर सकूँ। नरूला मुझे छोड़ने बाहर आया तो मैंने उससे सिर्फ इतना कहा, "याद रखना अच्छी बात है पर याद में डूबना उचित नहीं। मैं तेरे आस-पास ही हूँ नीरू, जब जरूरत लगे तब बुला लेना।" नरूला ने क्षणिक मुस्कान के साथ सिर हिला दिया, "हो सके तो सुमन को यह सब मत बताना। वो शायद...........।"

"चिंता मत कर।"

अपनी छोटी कार में बैठकर मैंने बगल में खड़ी मर्सडीज देखी। इस कार में ज्यादा सकून था, हवा थी, तरावट थी।

नरूला की जिंदगी के अलावा, मैं और सुमन अपनी जिंदगी भी सही करना चाहते थे। मेरे जाने का वक्त निकट आ रहा था और बच्चा गोद लेने की प्रक्रिया बहुत ही धीमी रफ्तार से खिसक रही थी। हमारा नम्बर अभी चार पर आया और सिर्फ बीस दिन बचे थे। मुझे एक, साथ के कर्मचारी, ने कहा कि कईयों का नम्बर जल्दी आ जाता है, आप जाकर फिर से मिल आओ। पर जाने पर कुछ हाथ नहीं आया। ""सब कुछ सेट्रल "कारा" से होता है। वेवसाईट से ही पता करें। पहले ऐसा संभव था, अब नहीं।" यह जवाब सुनकर मेरे जैसे आदमी का आधे पैसे का आत्म-विश्वास भी टूट गया। रिश्वत लेना जितना खराब है, उससे ज्यादा हिम्मत का काम रिश्वत देने की कोशिश है। खासकर जब आपको पता ना हो कि सामने वाला ईमानदार है या रिश्वतखोर। यह झिझक, मैं पहले इसे शराफत कहता था पर अब, कमजोरी ही मानता हूँ मेरे में फालतू भरी हुई है। मुझे याद है जब मैं, नरूला और एक सहपाठी फारमा की उपस्थिति पूरी करवाने कलर्क के पास गए थे, मैं आग्रह ही करता रहा था। नरूला चतुर था, उसने उसे कोने में किया और सौ रूपये जबरदस्ती पाकेट में ठूंस दिये। "बच्चे ही हैं हम आपके, मना मत करो।" मैंने बाद में उससे पूछा था,

"तुझे कैसे पता चला कि वो पैसे लेने वाली पार्टी है। मुझे तो डर लग रहा था कि शिकायत ना कर दे?"

"पता लग जाता है सूरे। आँखों में झाँकने की कला आनी चाहिए। लालच और हवस छिपते कहाँ हैं?"

"अब इसमें हवस कहाँ से आ गया?"

"प्रजापति को देख तीन-तीन लड़कियाँ घूम रही है उसके साथ। शक्ल देखी है उसकी चोमू है, पर वो आँखों में देखकर बता सकता है कि कौन लड़की हाथ में सिंदूर लिए पति ढूंढ रही है और कौन पर्स में टिशू रखे प्रजापति। इस मामले में तू गरीब है सूरे।"

और मैं तो अब समझता हूँ कि मैं कंगाल था, भिखारी था। मुझे तो कभी समझ नहीं आया कि कैसे चरित्र का प्रमाण आँखों से देखते हैं। सिर्फ सुमन की आँखें समझ आती थी, वो भी शादी के बाद समझ आने लगी। उस चीज की बकायदा ट्रेनिंग हुई थी। पहले आँखों में देखो और दस सेकेण्ड बाद वो मुँह से भी वही बात बोल देती थी, सो धीरे-धीरे न्यूरल सर्किट में चला गया। खैर, जब बीस दिन ही बचे थे तब हम दोनों की घबराहट थोड़ी बड़ी थी। हमारा विचार था कि बच्चा पहले मिल जाए तो उसे लेकर तीनो ही नागालैंड निकल लें। वरना सुमन के लिए अकेले बच्चा पालना और मेरे लिए अकेले नागालैंड मुश्किल था। इसीलिए, ना चाहते हुए भी हम दोनों फिर से अनाथाश्रम तक पहुँच गए। हमसे पहले

एक बूढ़ी अम्मा और दो जवान लड़के एक दो साल की लड़की के साथ खड़े थे और टेबल के उस पार बैठी मोटी महिला से कुछ जिक्र कर रहे थे। दो मिनटों के बाद मैडम ने गुस्से से उन सबको धमकाया, "जो कानून है मैं बता चूकी हूँ। अपना और मेरा समय व्यर्थ मत करो, जाओ।" हम दोनों ने एक-दूसरे को देखा। शायद हम गलत इंसान के पास गलत फरियाद लेकर आए थे।

"नेक्सट" मैडम की भारी आवाज पर हम दोनों भी वहाँ पहुँच गए। मैंने अपना संक्षिप्त परिचय दिया और बताया कि अगले महिने मैं नागालैंड जा रहा हूँ -दो-तीन महीनों के लिए।"

"क्या हमें इससे पहले कोई बच्चा मिलने की उम्मीद है?"

"आपने वेबसाइट चेक कर ली? कितनी वेंटिग है?"

"चार"

"डॉक्टर साहब, चार पर कम से कम तीन-चार महीने लगेंगे।" उसके मुँह से डॉक्टर साहब सुनकर मेरा आत्मविश्वास थोड़ा बढ़ गया। पर इतना भी नहीं कि मैं कोने में ले जाकर पाँच सौ का नोट पकड़ा दूँ। "कोई तरीका है इसे तेजी से करने का?"

"नहीं।" मैडम का संक्षिप्त जवाब था, मैं फिर से बैठ गया। "मतलब अगर कोई कानूनी अभिभावक, किसी

वजह से बच्चा नहीं पालना चाहता हो तो वो आपको अपना बच्चा कानूनी तौर पर दे सकता है। जरूरी नहीं कि अनाथाश्रम से ही बच्चा आए।"

"पर यह तो और भी कठिन है। भला कोई अपना बच्चा क्यों देगा?"

"हजार कारण हो सकते हैं, आप लेना चाहते हैं?"

"हाँ।" मेरे और सुमन के मुँह से एक साथ निकला।

"मीरा...." मैडम चिल्लायी, "वो अभी-अभी जो अम्मा आई थी, देख दरवाजे तक ही गई होगी, उसे पकड़ कर ला। ....लड़की है।"

"लड़की तो लक्ष्मी होती है, चलेगी।"

"रंग..."

"कोई भी हो।"

"आपका अपना बच्चा पैदा करने का प्लान?"

"कुछ मेडिकल इशु है, नहीं होगा।"

"ठीक है।"

मैडम ने फिर हमसे "क्या करते हैं" से लेकर "कितना कमाते हैं" तक पूछा। "यह सब सवाल हर कोई पूछेगा।"

मीरा तब तक अम्मा और उसके साथ वाले दो लड़के और एक छोटी सी लड़की को ले आई।

"यह लड़की इस बूढ़ी अम्मा की पोती है। माँ-बाप पिछले साल रोड एक्सिडेंट में मर गए थे बस ये गुड़िया बच गई। अब अम्मा बूढ़ी हो गई है और चाहती है कि हम बच्चा अनाथाश्रम में रख ले। पर हम बिना पुलिस वेरीफिकेशन के बच्चा दाखिल नहीं कर सकते, इसीलिए इसे थाने भेजा था। आपको चाहिए तो आप इनसे गोद ले लो। वकील कानूनी काम करवा देगा।"

सुमन ने आगे बढ़कर हाथ फैलाया तो बच्ची थोड़ी झिझक के बाद गोद में आ गई। "अम्मा, हमें दे दो ये गुड़िया।" सुमन ने भरे गले से कहा। मैं दोनों लड़को से बात करने लगा। वो दोनो पड़ोसी थे और अम्मा अकेली।

"मैं चार हजार की पेंशन पाती हूँ, मेरा और पोती का इसमें हो जाता है, अब मेरी उमर हो गई। मेरे बाद कहाँ भटकेगी, यही चिंता है। आप ले लो तो बढ़िया, पर मैं खर्चा नहीं दे पाऊंगी।" अम्मा ने भोलेपन से कहा।

"खर्चा? अम्मा हम आपको, आपकी जिंदगी भर चार हजार रूपये देंगे ऊपर से। हमें खर्चा नहीं चाहिए, गुड़िया चाहिए।"

मोटी मैडम ने अप्रत्याशित तरीके से चाय मंगवा दी। सुमन ने मुझे इशारा किया तो मैंने एक लड़के को पाँच सौ का नोट देकर कहा, "भाई, बगल से मिठाई ला दे....।"

"गुड़िया तो घर का नाम होगा, इसका नाम रखेगें खुशी।" सुमन ने घोषणा कर दी।

कानूनी काम भी अगले ही दिन हो गये थे। हमें कोर्ट में छः महीने बाद बच्चे का हाल, स्वास्थ्य कार्ड बगैरह जमा करना था। पर हमारी खुशियाँ हजारों गुना बढ़ गईं।

जहाँ पहले हमारे घर में शांति हुआ करती थी, अब कलरव था। खुशी हमारे पास लगभग दो साल की आयी थी। उसका जन्मदिन अम्मा को याद नहीं था, पर हमने उस दिन ही माना, जब वो हमें मिली। वो पूरे घर में दौड़ती, हर चीज पर चढ़ती, हर चादर को खींचती और खिलखिलाकर हँसती थी। मैं पहले काम से आता था तो सुमन चाय देती और मुझे थकावट लगती थी। अब घर घुसता था तो खुशी दौड़कर चिपट जाती और मुझे नया जीवन लगता था। हम दोनों उसे रोज सिखलाते - माँ बोलो, पापा बोलो, टेबल, कुर्सी, पंखा.... और वो अपनी भाषा में सबकुछ बोलती थी। "अब लगता है कि घर पूरा हो गया।" सुमन बार-बार कहती। बीस दिन ऐसे बीते मानो बीस मिनट हो। नरूला से भी दो बार मुलाकत हुई, वो भी हमारी खुशी में शरीक था। पहले से बेहतर, पर अभी कनिका का दुख उसके ऊपर दिखता था। "चलो सूरे, घर में तो कुछ अच्छा हुआ। मेरा मन थोड़ा और हल्का हो गया। तुम दोनो

दो-चार बच्चे और गोद ले लो तो मैं और भी सामान्य महसूस करूँगा।" उसने हँसते हुए कहा।

"परी भी बड़ी होगी तब देखना। तुम्हारा तो घर भी बड़ा है, फुटबाल खेला करेगी।" सुमन ने मुस्कुराते हुए कहा था।

"हाँ, खुशी तो बड़ी दीदी होगी। बशर्ते तुम लोग नागालैंड में स्थाई ना बस जाओ या कबीले तुम्हें खा ना जाएँ।"

नागालैंड जाने से पहले हमने कई बार सोचा कि खुशी के साथ जाना ठीक होगा या सुमन और खुशी यहीं रूक जाएं। पहले जो दो सूटकेश और एक ट्रंक में सामान था, खुशी का सामान जोड़ने से वो दोगुना हो गया। खिलौने, तकिया, चादर, कम्बल, कपड़े, पॉटी सीट, प्राम, पता नहीं क्या क्या? पर हमें अब हलचल की ऐसी आदत हो गई थी कि हर बार यही तय होता, "सब चलेंगे।"

अपना विषय होने के वजह से मैं हमेशा यही विश्लेषण करता रहता था कि इस चीज का न्यूरल सर्किट बन गया, देखो आज यही काम दुबारा कर रही है। उसने दो महीनों में ही नमस्ते, हेलो, हाई, फाईन सब कुछ सीख लिया था। सुमन ने जाने से पहले खुशी को परी से मिलवाने की बात कही, "नरूला जी तीन बार आ चुके

हैं। अब वो अकेले भी हैं, हम तीनों को जाकर मिलना चाहिए। खुशी को परी से मिलाने के बहाने।"

"जैसा कहो।" मुझे तो अच्छा ही लगा। हम तीनों उठ कर नरूला के घर पहुँच गए। सुमन ज्यादा मेकअप नहीं करती थी, उसे तैयार होने में उतना ही समय लगता था जितना हाथ घुमाकर सिर के पीछे जूड़ा बनाने में और कुर्सी पर पड़ा दुपट्टा गले में डालने में लगता था। मेरे लिए तैयार होना, ना होना बराबर ही था। मेरी मोनोलिथिक शक्ल थी, एक जैसी। और खुशी तैयार ही रहती थी। नरूला हमें देखकर बहुत खुश हुआ। परी अब इंसान जैसी दिखने लगी थी। नवजात शिशु तो मुझे अमीबा जैसे ही लगते थे, जिनकी शक्लें बदलती रहती है, कहाँ नाक खत्म हुआ और गाल शुरू, पता ही नहीं चलता था। शायद गर्भ में, पानी में पड़े-पड़े वो ऐसे हो जाते होगे। पर अब परी की शक्ल बखूबी तरासी हुई लग रही थी। लगभग कनिका जैसी। सुमन ने बैग से एक कपड़े की नई गुड़िया निकालकर खुशी को पकड़ा"छोटी बहना को दे दो।" और मुझे फिर से यकिन हो गया कि मेरा न्यूरल सर्किट बेकार है। मुझे सॉफ्ट-स्किल्स नहीं आते। काफी देर बातें हुई और नरूला भी थोड़ा सामान्य हो गया था। उसने अस्पताल का काम भी शुरू कर दिया था और व्यस्त था। घर पर आया, नौकरानी और सी सी टीवी की बहुतायता थी। "तू सीधे तीन महीने बाद ही आयेगा?" नरूला ने पूछा। "लगता तो ऐसा ही है। जो

प्लान है उसके हिसाब से दो-तीन महीने तो ट्रेनिंग ही देनी है, लगभग रोज। तुमने ही फँसवाया है।"

नरूला हँसा, "फँसवाया? अरे जब पदम-भूषण, पद्म श्री मिलेगा तो मेरा नाम भी ले लेना। भाभी, ये सूरे, नार्थ-ईस्ट इंडिया में न्यूरो-साईंस का कायाकल्प करने वाला है। कुछ सालों में ये इतना प्रसिद्ध होगा कि हम जैसों को बिना सूचना मिलने भी नहीं देगा। दरवाजे पर लिखेगा, "ऐरे-गैरे, नरूला-वरूला को घुसने की सख्त मनाई है।"

"पागल है क्या?" मैंने भी कहा, "तू पहले से ही बड़ा आदमी है भाई। नेताओं की सर्जरी करता है। मैं तो छोटे तबके में ही खुश हूँ।"

फिर चर्चा चली तो ज्ञान बँटा। "खुशियाँ नाम से नहीं आती" का जिक्र हुआ। ऐसे मुद्दों पर सुमन भी बोलती थी। "हर बड़े नाम की कीमत है और वो कीमत"समय" है। समय के कम होने से अपने लिए और अपनों के लिए समय निकालना कम हो जाता है और खुशियाँ भी।"

"पर बिल गेट्स तो खुश है।"

अध्याय - 3

मैंने पढ़ा था कि समय इलास्टिक होता है, मतलब अगर हिमालय पर घड़ी रख दो और दूसरी समुद्र में, तो दोनों अलग-अलग समय दिखलाएगी। इसका मुझे कभी मतलब समझ नहीं आया था। अरे समय तो अलग नहीं होगा, सुई घूमने की रफ्तार बदलती होगी, कुछ वायुमंडलीय दबाव से....। वैसे वैज्ञानिक गण भी यही कहते है, स्पेश और समय मुड़ते भी हैं, परिवर्तित भी होते हैं। समय या फिर मनोदशा, जो भी माने, नागालैंड में शुरूआती तीन महीने थोड़े लम्बे लगे, बाकि के दो साल तो जल्दी निकल गए। मैं और सुमन तो पहले ही "माग्रेटरी बर्ड" थे, इधर-उधर घर बनाने वाले। साथ में खुशी आ गई तो नागालैंड की बड़ी-सी कोठी, घर जैसी हो गई थी। सरकारी काम, एक तो छुपी हुई दिक्कतें रोज रोज प्रकट होती थी, दूसरा रफ्तार भी कम थी।

तीन महीनों में तो लक्ष्य का तीस प्रतिशत ही काम हो पाया। चार छोटे अस्पताल में थोड़ी ट्रेनिंग और टेली-कंसल्टेशन शुरू हो पाई। मन लग रहा था तो थोड़ा और रूका गया। बस इसी तरह दो साल तीन महीनें निकल गए। नागालैंड में रहो और वहाँ की गीली, गाढी हरियाली को महसूस ना करो, यह संभव नहीं। सुमन कहती थी, "पत्थर फेंको तो जमीन पर नहीं गिरेगा, पत्तियों पर लगेगा।" जहाँ हम रहते थे, उस जगह पर हर तरफ आम, अमरूद और बेर की झाड़ियाँ थी, बाहर की तरफ कुछ अलग ढंग के फलदार पेड़ फिर जंगल वाले पेड़......। दो किलोमीटर पर झरना और चार किलोमीटर पर पहाड़। घर के बाहर एक बंदूकधारी गार्ड, सरकार की तरफ से और क्या चाहिए। "यहाँ काम करने के तो पैसे कटने चाहिए, मिलने नहीं चाहिए।" शाम की चाय पर अक्सर मैं यही कहा करता था। वैसे पूरा नार्थ-ईस्ट ही शायद इतना हरा है। "दिल्ली और नागालैंड को मिक्सी में पीस कर, फिर दो हिस्से बनाओ तो दिल्ली में ऑक्सीजन आ जाएगी और यहाँ मैट्रो।"

इन सब व्यस्तता के बीच भी नरूला ही मेरा इकलौता दोस्त रहा। नई जगह पर ना तो मेरा ओहदा ऐसा था कि नई दोस्ती करूँ, ना उम्र थी। हमारे न्यूरोलॉजी के प्रोफेसर कहते थे, "यह सब हॉर्मोन ही है। जब हॉर्मोन सिर पर चढ़ता है तो मिर्ची भी हरी दिखती है। गदही भी परी दिखती है और पान चबाता लौंडा भी प्रोफेसर लगता

है। इसी दौरान शादी वादी कर लो। एक बार हॉर्मोन का स्तर कम हुआ, फिर तो रोटी दाल पर दिमाग रह जायेगा।" सही ही था, जब मैं एम बी बी एस में था तो हमेशा लगता था कि हर कोई मुझे पूछे, मेरी ओर दोस्ती का हाथ बढ़ाए। पर यह अरमान दबे ही रह गए। अब अगर कोई ज्यादा दोस्त जैसा दिखना चाहता है, तो असहजता होती है और खुद ही किनारे हो जाने में समझदारी लगती है और अगर कोई महिला ज्यादा खुलकर बात करे तो डर लग जाता है। अब मैं जवानी में नरूला जैसा नहीं था लेकिन अब दोनो लगभग एक-से हैं......लगभग ही। नरूला से फोन पर अक्सर बातें होती रहती थी। एक तो वो दोस्त भी था, दूसरी वजह कनिका का ना होना भी था, पर एक ओर भी बड़ा कारण था कि वो चतुर था। मैं अपने काम के लिए भी उससे पूछता रहता था और वो बताता रहता था। "किसी भी टेंडर या एलॉटमेंट पर पहला दस्तखत मत करना। पहले विभाग वाले ओ के करेंगे तब साईन करना। तुमसे लिखित में सलाह भी मांगे, तो भी ऑफिस से पहले राय लिखवाना.........। ये कागज तो चरित्र जैसे होते हैं, ना भूले जा सकते हैं और ना ही पीछा छोड़ते......।"

उसकी सलाहें सुन-सुन कर मैंने कुछ कानून बना लिए थे, जैसे घर पर किसी से नहीं मिलना, कोई अकेले मीटिंग नहीं करना। ठेकेदारों से ऑफिस के रास्ते ही मिलना और हर चीज की फाईल बनाना। कई बार मुझे

लगता था कि मैं डॉक्टर से ऑफिस का बाबू हो गया हूँ। घोटालों के लिए आपका करना जरूरी नहीं, उनका होना ही परेशानी है। नरूला की जिन्दगी भी तेजी से वापिस सही होने लगी थी। अच्छी बात यह थी कि उसने दूसरी शादी के दो-तीन प्रयत्न ठुकरा दिये थे, इससे उसकी इज्जत और बढ गई थी। "सूरे, एक शादी का सदमा आदमी बड़ी मुश्किल से झेलता है, दूसरी बार कौन कूँए में कूदेगा?" वैसे तो मजाक में ही कहता था पर यह मेरे और सुमन दोनों के लिए शान की बात थी कि नरूला सिद्धांत वादी था। वरना हमनें भी कई बार चर्चा की थी कि नई माँ परी के साथ पता नहीं कैसी होगी। खैर, शादी नहीं करने के अलावा उसके साथ और भी कुछ अच्छा हुआ था। वो छः महीनो के लिए बंगलूरू गया, रोबोटिक न्यूरोसर्जरी में हाथ साफ करने। साथ में परी, आया और एक नौकरानी भी गई थी। वो खुद ही कहता था, "न्यूरो सर्जरी तो मुझे आती ही है, अब सीखना थोड़े ही है, हाथ साफ करना होता है।" नरूला जब वापिस आया तो उसका लक्ष्य साफ था- आसाम में रोबोटिक्स शुरू करना। "पैसे, नेता लोग लगाएंगे।" उसकी पहुँच थी और उसमें चमत्कृत करने की हुनर भी था। जब आखिरी बार नरूला से बात हुई तो विडियो कॉल थी। परी भी बड़ी हो गई थी और नरूला के चेहरे की चमक भी वापिस आ गई थी। मेरे घर पर भी खुशी अब समझदार हो गई थी। सुमन ने उसे नमरते

सिखला रखा था। खुशी ने नरूला को नमस्ते किया था और अपने फूलों का संग्रह दिखलाया था। सुमन और खुशी हर अलग दिखने वाले फूल और पत्ती को लेकर किताब में दबा देते थे। तीन-चार महीनों में तो फॉसिल जैसा बन जाता था। खुशी के पास एक पूरी फाईल थी, कागजों पर चिपके हुए इन फॉसिलों की। सुमन ने कहा था कि खुशी एक कार्ड बनाएगी परी के लिए, जब हम वापिस आसाम जायेंगे।

आसाम मेरे लिए घर था। घर.... जहाँ आप निर्जीव चीजों से भी जुड़ जाते हो। जहाँ दीवारों और खिड़कियों को देखकर भी बातें की जा सकती हो, मुस्कुराया जा सकता हो। मुझे दिल्ली या कोई भी और जगह घर जैसी कभी नहीं लगी। मुझे दस साल पहले के अपने दूर-दराज के रिश्तेदार याद आते थे, वो अस्पताल में तब दाखिल थे, जब मैं ट्रेनिंग पर था। उनके दिमाग में ट्यूमर था। जब हमारे बॉस उनके परिवार को अलग ले जाकर गंभीरता बता रहे थे, वो बाबा भी उठकर बैठ गए और आवाज दी, "डॉक्टर साहब, इधर आओ।" और हमारी पूरी टीम वहाँ पहुँच गई। मरीज और वो भी जो बचने वाला ना हो, उसकी कांउसिलिंग बहुत मुश्किल होती थी। पर वहाँ उसने हमसे गिनती की कुछ बातें कही, "मुझे पता है कि लंबी जिंदगी नहीं है, तभी तुम लोग कोने में बच्चों को बता रहे हो। मुझे बताओ, ये बच्चे तो गदहे है। मैं अपनी जिंदगी जी चुका डॉक्टर साहब,

इससे बच गया तो अटैक से निकल जाऊँगा। अब तो सारे पुर्जे जवाब देने की तैयारी में हैं। गुर्दा सम्हालूँ या गदूद...। मेरी छुट्टी कर दो। मरने के लिए अस्पताल बढ़िया जगह नहीं है। घर में मरूँगा, अपनी खाट पर, अपने परिवार के बीच।" उसने हम सबकी काउंसिलिंग कर दी और वो मरने के लिए घर चला गया। तब मैंने इंटरनेट पर ढूंढा था कि जिंदगी के अंत का ध्यान रखने पर विज्ञान क्या कहता है। जो वेसटर्न यानि यूरोपियन दुनिया है, वो अस्पताल में मरती है और जो हिन्दुस्तानी लोग हैं वो घर पर। शायद यूरोप मे इंश्योरेंस है, परिवार छोटे हैं और हमारे यहाँ उल्टा। पर कई दिनों तक मेरे दिमाग में चलता रहा कि जब मेरी बारी आएगी तब? यमराज का संदेश आएगा तो कहाँ बुलाऊँगा? मेरी समझ से घर ही उत्तम स्थान है। और इसी घर का सकून आसाम में था। आराम दिल्ली में, खुशियाँ नागालैंड में पर सुकून आसाम में। हम तीनों अपनी सकून वाली जगह पर वापिस आ गए थे। मुझे बीच-बीच में जाना पड़ता पर अब लगातार रूकने की बात नहीं थी। जब हम लोग गए थे तो तीन सूटकेश और दो बैग थे। वापिस आते समय हमें लंबी गाड़ी की डिग्गी और छत, दोनों उपयोग करने पड़े। खुशी भी थोड़ी बड़ी हो गयी थी और उसकी छोटी साईकिल भी छत पर जगह ले रही थी। तीन दिन तो हमें घर को घर जैसा बनाने में लग गए। चौथे दिन नरूला से मिलने की बारी आयी। हम

तीनों एक बड़े थैले में कई सारे उपहार लेकर नरूला के शानदार बंगले में पहुँच गये।

लगभग ढाई साल के बाद हम लोग बंगले पर आये थे, पर परिवर्तन प्रकट था। दीवारों पर ऊपर कंटीले तार लग गए थे, सामने के बगीचे में एक रेत वाली जगह बनाई गई थी और एक झूला, एक फिसलने की पट्टी, यह दोनो वहीं लगे थे। छत की रेलिंग भी ऊँची हुई थी।

"नरूला ने घर को परी के हिसाब से बदल दिया है।" सुमन ने मुस्करा कर कहा। खुशी तो कूदती हुई झूले की तरफ भाग गई। दरवाजे पर खड़ा नरूला, पहले जैसा ही उभयमान, तंदुरूस्त दिख रहा था। "नीरू, तू बुढा क्यों नहीं हो रहा भाई। झुर्रियाँ सिर्फ मेरे पास ही क्यों आ रही है।" मैंने उससे गले मिलते हुए हँस कर कहा।

"शादीशुदा आदमी मोटा और आलसी हो तो पत्नी गुणवान मानी जाती है।" नरूला ने हँस कर जवाब दिया। सच ही था, मेरा वजन भी थोड़ा बढ़ा था और शक्ल तो छः-आठ साल आगे चल ही रही थी। "परी कहाँ है?" हम लोग अंदर आ गए, खुशी बाहर ही व्यस्त हो गई। "नीलम दीदी कपड़े बदल रही है उसके। पहली बार मिलेगी तो तैयार हो रही है।" वैसे तो पहली बार नहीं था पर उस समय की कुछ याद तो नहीं बाकी होगी।

"लड़कियों के साथ ये अच्छा हिसाब है। घर में रौनक रहती है। लड़का होता तो डाईपर में ही भाग रहा

होता।'' मैंने हँस कर कहा। घर पर खुशी भी आईने के आगे खड़ी होकर मेकअप किया करती थी। यह सब क्रोमोसोमल ही होता है।

परी को देखते ही मुझे प्रथम दृष्टिया कनिका की ही छवि दिखी। मेरा मुँह खुला रह गया। वो ढ़ाई-तीन साल की, गोलू सी, भागती हुई आई और नरूला के पैरों में लिपट गई। उसकी नाक थोड़ी छोटी थी और आँखे बड़ी पर आँखो के बीच में दूरी थोड़ी ज्यादा थी। ललाट थोड़े चोड़े और कान बड़े। मेरे दिमाग में जो कुछ आया, मैंने झटक दिया। आँखों का रंग, होंठ, गाल, गर्दन सब कनिका जैसे। खुशी को सुमन ने आवाज दी और जब खुशी आयी तो उसके हाथों से हमने खिलौना आगे करवा दिया। नरूला मुस्कुराया, ''ये नहीं लेगी ऐसे। बहुत ही संकोची है।'' उसने खींच कर परी को आगे किया तो वो हाथ-पैर मारने लगी। नरूला ले उसे गोद में उठा लिया। परी नरूला के कंधे से चिपक गयी। जब काफी समझाने पर भी परी ने हाथ आगे नहीं किया तो नरूला ने ही खिलौना पकड़ लिया, ''ये पूरी चिपकू है।''

''खेलने चलोगी?'' खुशी ने पूछा पर कोई जवाब नहीं मिलने पर वो बाहर चली गयी। उसके लिए झूलों का आकर्षण ज्यादा था। मेरे दिमाग में फिर से हलचल होने लगी। अमूमन इस उम्र के बच्चे खेलने के लिए तैयार

हमेशा होते है, परी चुप थी। "ठीक है, हर बच्चा अलग सर्किट का होता है।"

नरूला अपनी कहानियाँ बताता रहा। वैसे तो ज्यादा समय हम लोग दूर थे, पर कहानियाँ उसके पास ही ज्यादा होती थी। हर तरह की, बंगलूरू में अपना समय, वहाँ का हिसाब, "बंगलुरू तो इंडिया से अलग देश घोषित कर देना चाहिए। अलग ही हिसाब है वहाँ। जितने इंजीनियर हैं, आधे तो बेकरी खोल कर बैठे है। रात में डेजर्ट की दुकानें अलग है। टैक्सी वाले, वो कन्नड़ में अंग्रेजी बोलते हैं। नेटिव कन्नड़ लोग तो ढूंढने पड़ते हैं। लगभग एक्सटिंक्सन के कगार पर ही हैं। मंदिर कम है, पब ज्यादा। मुझे तो जाकर सदमा लग गया कि साऊथ में हर राज्य की भाषा ही अलग है। पहले सोचा था कि कन्नड़ सीखूँगा पर फिर लगा कि क्या फायदा, अगली कंफ्रेस चेन्नई हो गई तो? तमिल तो बिल्कुल ही अलग है। बस टूटी अंग्रेजी से काम चल गया।" नरूला की कला थी कि वो दलिया में भी छौंका लगाकर उसे मजेदार और स्वादिष्ट बना सकता था। वो बोलता रहा, हम सुनते रहे, हँसते रहे।

"मुझे लगा था कि तू वहीं सेटल हो जाएगा। कोई कन्नड़ लड़की से शादी कर लेगा और घर खरीद लेगा।" मैंने छेड़ा।

"कन्नड़ लड़कियाँ? भाई, बंगलूरू में कन्नड़ लोग ही कम दिखे, कन्नड़ लड़कियाँ तो एनडेंजर स्पीसीज घोषित हैं। तुझे पता है साऊथ इंडिया अलग ही है। जिस उम्र में यहाँ हमारी लड़कियाँ सफेद घोड़े पर सवार राजकुमार को सोचना शुरू कर देती हैं, वहाँ, वो इसरो और एच ए एल के चक्कर लगाती है। मेरे कांफ्रेश की गेट पर जो महिला बैठती थी, उसका सपना था कि वो एक सेटेलाईट बनाए। एक दिन मैंने उससे पूछ ही लिया कि इतने सारे तो ऊपर उड़ ही रहे हैं, तुम अपना सेटेलाईट क्यों बनाना चाहती हो? उसको यह पता नहीं था, बस सबको पढ़ाई का कीड़ा है।"

"तो उसी से कुछ और पूछ लेता भाई?"

"क्या सूरे। अब मैं बाप हो गया हूँ। आवारा सांढ से जिम्मेदार बैल। अब ना तो शौक बचा, ना माहौल। तू बता नागालैंड कैसा था। मुझे तो लगा था कि तू वापिस आएगा ही नहीं। किसी ना किसी को तेरी हड्डी पसंद आ ही जानी थी। या फिर आएगा तो पत्तों के कपड़ो में। पर तू तो पूरा आ गया।"

"भाई, नागालैंड तो आसाम जमा हरा रंग है। सुंदर, हरा और हरा....। लोग भी कम पर सभ्य। वैसे आसाम तो अपना ही है, पर नागालैंड थोड़ा अलग है। फिर खुशी भी थी तो समय का पता ही नहीं चला।"

"क्यों, अकेली भाभी होती तो बोर करती।" नरूला ने हँस कर बातों में सुमन को घुसा लिया। यह उसकी खासियत थी। वह कुछ भी कह सकता था, कुछ भी कर सकता था। वो तो सुमन उसे जानती थी वरना नरूला मुझे भी फँसा देता।

मेरे एम बी बी एस फाईनल सत्र में नरूला ने बिना मेरी जानकारी के, एक जूनियर लड़की को मेरे नाम से दोस्ती और प्यार का आवेदन भी भेज दिया, उससे मिल कर उससे मेरा चरित्र वर्णन भी कर आया और मुझे पता नहीं था। वो नरूला के साथ चाय पर आई ओर नरूला ने कहा, "मैं अभी आता हूँ।" अब बचा मैं, जिसे लग रहा था कि वो लड़की नरूला की मित्र है, वो जिसे पता था कि मैंने कई रातें उसकी बातें की है नरूला से। वो दिन मेरे लिए इतना अजीब था। मैंने पूछा था, "आप कैसे मिली नरूला से?" और उसने कुछ खास जवाब नहीं दिया था। बाद में नरूला ने मुझे बताया कि मेरी वजह से मेरी गुस मित्रता और पनपता प्यार खत्म हो गया। ऐसा प्यार जो मुझसे भी गुस था। तभी मैं समझ गया था कि यह कुछ भी कर सकता था, कुछ भी कह सकता था। खाना-पीना हुआ और फिर हम घर आ गए। परी तो वैसे ही चिपकी रही नरूला से। वो सिर्फ पापा-पापा ही बोलती रही। घर आकर जब खुशी सो गई तब मुझे दिमाग में चल रहे विचारों के लिए समय मिला।

"यह बच्ची ठीक नहीं है।"

"ठीक नहीं है। क्या मतलब?" सुमन का जवाब बड़ा ही प्रत्याशित था। मैंने उसे सुबह के चार बजे उठा दिया था। रात भर भी मेरे साथ सकून नहीं रहा। मैं एक बजे तक तो परी और नरूला के बारे में सोचता रहा, अपने दिमाग के अल्गोरिद्म में अपनी सारी जानकारियाँ डालता रहा। कभी-कभी कनिका भी दिमाग में आती रही। कहीं ऊपर से मुझे वो देख रही हो, जैसे परीक्षा में चतुर परीक्षक दूर खड़ा होकर नजर डाले रखता है। जब उलझे और थके दिमाग के साथ एक बजे सोया तो सपने भी इनके आते रहे। परी चुपचाप खड़ी थी और हम सब तरह तरह के खिलौने दे रहे हैं, पर वो चुपचाप ही है। कहीं गुम सी। मैं कहता हूँ कि यह सही नहीं है, पर परी कुछ नहीं कहती। फिर कहीं आवाज आती है कि खुशी कहाँ है, उसकी आवाज भी नहीं आ रही। और मेरी नींद खुल गई। अब जब मैंने सुमन को जगा दिया तो जवाब यही मिलना था। "क्या मतलब?"

"तुमने उसको गौर से देखा, उसके कान थोड़े बड़े हैं, माथा चौड़ा, नाक छोटी और पूरा शरीर भारी।"

"तो"

"यह सामान्य नहीं है।"

सुमन ने मुझे घूर कर देखा, "मैंने कई बच्चे देखे हैं जिनके कान बड़े या शक्ल अलग होती है। सब ठीक ही रहे अभी तक तो। मुझे भी लोग हाथी-कान कहते थे।"

"और व्यवहार? वो कुछ बोलती ही नहीं। सिर्फ पापा-पापा। वो किसी से मिलना नहीं चाहती, खिलौने भी नहीं लेना चाहती है। वो खेलने के लिए भी तैयार नहीं हुई।"

सुमन उठी और पूछ कर गई, "चाय लोगे?"

शायद उसकी मेरी बातें पागलपन लग रही थी। मैंने फिर से सारे लक्षण अपने दिमाग के मिक्सी में डाले और जो परिणाम आया वो वही था, "यह बच्ची ठीक नही हैं।"

चाय पीने से शायद सुमन में मेरी बातें सुनने का सब्र आ गया। "अब बताओ" मैं उसको समझाने की कोशिश में लग गया। "सामाजिक व्यवहारिता की कमी- जैसे कि खेलने में कम रूचि, कम बात करना, नरूला, यानि पापा, से चिपके रहना, खिलौने नहीं लेना या लेने पर भी उसमें आकर्षण नहीं दिखलाना। एक चीज पर ध्यान नहीं देना, यानि जल्दी मन हट जाना। अब यह सब जोड़ दें तो बीमारी बनती है।"

"हूँ।"

"ऊपर से चेहरे पर भारीपन, चौड़ा ललाट, छोटी नाक, हाथी-कान.... यह सब अलग-अलग भले ही सामान्य या सामान्य के नजदीक लगते हो, पर जुड़ कर असामान्य बन रहे हैं। जैसे दस बार एक को जोड़ो तो दस हो जाएगा।" सुमन अब तक चाय और बातों की वजह से जाग गई थी। वो परेशान होकर इधर-उधर घूमने लगी। "क्या बीमारी है?"

"ऑटिस्म.... ।"

"कब तक जीवन है? क्या इलाज चाहिए परी को?"

"जीवन पर खतरा कम है पर.......। इलाज, दुर्भाग्यवश परी को ही नहीं नरूला को भी चाहिए।"

"मतलब।"

"ऑटिस्म एक न्यूरल सर्किट का लफड़ा है। मरीज तो खुश है, उसके लिए यह सारे असामान्य लक्षण सामान्य हैं। समस्या तो हमारी है कि हम उसे अपने जैसा बनाना चाहते हैं। कुछ परिवर्तन तो हो पाता है, पर थोड़ा ही। इस बीच अगर परिवार वाले आटिस्म को समझे और बच्चे को उसी रूप में स्वीकार करना सीख जाएँ, तो आसानी रहती है। इसीलिए इलाज दोनों का ही होता है। अब नरूला ठहरा टाईप ए चरित्र, उसका अरमान है कि परी उच्च स्तर की वकील बने, बहस करे। ऑटिस्म के हिसाब से बहस करना संभव

नहीं। यह सच्चाई आत्मसाथ करने के लिए उसे इलाज चाहिए।"

"मुझे नरूला जी को सोचकर बड़ा दुख हो रहा है। पहले कनिका, फिर अब परी की समस्या।" सुमन ने दुखी होकर कहा।

"अपने-अपने कष्ट हैं सुमन। कहने की बात है, कष्ट बाँटे नहीं जा सकते। बस छले जा सकते है।"

"छले जा सकते है?"

"हाँ। अगर आप उस कारक को कम महत्व का कर दो तो। हमारे विभाग में प्रोफेसर कहते थे ऐसा। अगर कोई मरने वाला होता था तो परिवार दुखी, पर अगर वो एम एल सी यानि पुलिस केस होता था तो सारा ध्यान पुलिस, कागज, इन्हीं पर लगा रहता था। हम लोग अगर कागज तैयार करके सब कुछ जल्दी करवा देते थे तो परिवार मौत के दुख से ज्यादा कागजी लफड़े खत्म होने का सकून दिखलाता था।"

"अजीब है।" सुमन गुसलखाने की तरफ चली गई।

नासमझी कई बार वरदान होती है। प्रोफेसर की कही हुई बातें सत्य थी। कई बार हमें मरीज चालीस साल के बाद का मिलता था जो दिमागी रूप से कमजोर हो पर परिवार को अभी पता चला हो। आदतन हम लोग परिजनों को जरूर कह देते थे, "कैसे लोग हो? तुम्हें

पता ही नहीं चला कि इसमें बचपन से ही कोई दिक्कत है?" पर सर कहते थे, अच्छा ही है। इलाज कुछ खास है नहीं। पहले जान लेते तो ज्यादा समय तक इसे बोझा मानते। अज्ञानता में ही सही, पूरा घर तो सामान्य चलता रहा अब तक। नरूला को भी परी के प्रति अपना शक बताना कठिन काम था। मुझे पता था कि यह सत्य उसके जीवन की खुशियाँ छीन लेगा। पर ना बताने से भी चीजें कहाँ बदलनी थी। आज नहीं कल, नरूला जैसा आदमी यह पता कर ही लेगा कि परी असामान्य है। यह धोखा शायद ज्यादा कष्टकारी होगा और अगर यह पता चलेगा कि मुझे आभास था, वह तो और भी खराब होगा। उस सबसे ऊपर मेरे अंदर की बैचेनी ही मुझे परेशान करती रही। सत्य जानना और सत्य छिपाना , दोनो ही कीमत मांगते हैं, पर सत्य तो आना ही है। मैंने नरूला को जब अपने दिल की बात घुमा-फिरा कर और फिर सीधे-सीधे बताई, वो अपनी चाय छोड़कर उठ गया और नीचे बेसमेंट में चला गया। लगभग आधे घंटे तक मैं उसके घर पर बैठा रहा, सोचता रहा कि वो वापिस आएगा तो शायद उसे मेरे कंधे की जरूरत हो, पर वो नहीं आया। बेसमेंट की तरफ गया तो देखा कि दरवाजा बंद था। दस्तक देने की ताकत नहीं आयी। "तुम ठीक हो?" मैंने आवाज लगाई।

"सूरे, मैं बाद में आता हूँ तेरे घर।" नरूला की आवाज आई तो मैं वहाँ रो चला आया। मैं जितने बोझ

के साथ नरूला के घर गया था, उससे ज्यादा भारी होकर वापिस आ गया। दस मिनट का रास्ता, मुझे पूरे दिन सा लगा। मेरा एकमात्र दोस्त, मेरा बड़ा भाई, नरूला रो रहा होगा। उस दिन को याद कर रहा होगा जब लैब की गैस ने कनिका को लील लिया। शायद उसी का प्रभाव हुआ हो? जब अगले तीन दिनों में दस-बारह फोन की कोशिशें और दो बार नरूला से जाकर मिलने की कोशिशें नाकाम हो गईं तो मैं हार कर घर में बैठ गया। "शायद उसे बहुत बुरा लगा कि मैंने परी के लिए इस तरह की बातें बताईं।" पर सुमन मुझसे कई बार पूछ चुकी थी, "आपने और कुछ तो नहीं कह दिया ना?" मेरे पास "नहीं" के अलावा कुछ नहीं था बताने के लिए। "अब ठीक है, दोस्ती बीयर पीने भर की थोड़े ही है, आगाह करना तो बनता ही था।"

तीसरे दिन तक मुझे लगने लगा था कि नरूला से वर्षा का याराना टूट गया, कि वो अब चार-पाँच सालों के बाद जब परी का ऑटिस्म् समझ पाएगा, तब मुझे याद करेगा। सबकी अपनी-अपनी जिंदगी और जिम्मेदारियाँ थी। मुझे लगा कि यहाँ दिन मनहूस हो रहे हैं तो नागालैंड ही घूम आऊँ, प्रोजेक्ट तो चल ही रहा था। सुमन और खुशी आसाम ही रूकेंगे। सुमन को भी पता था कि नरूला से अलग होने का तनाव मेरे ऊपर हावी था। "आप हफ्ता-दस दिन घूम आओ। तनाव कम हो जायेगा। जो आप बता रहे हो, अगर आपने वही कहा था

तो आपकी क्या गलती? वक्त आपको शांति और नरूला जी को शक्ति दे देगा।"

जब भी सुमन मेरे बातों पर शक करती, मुझे बुरा लगता था। जी करता था कि चिल्ला कर बोल दूँ कि हजार बार बता दिया है, मैंने नरूला से यही बातें की है। क्यों हर बार अगर-मगर लगा कर पूछ रही हो। पर ऐसा करने से मैं दुखी सुमन को भी छोड़कर नागालैंड जाता, अभी खुश तो है। "अब तो एफिडेविट ही बनवाना पड़ेगा, तभी तुम मानोगी कि मैंने यही कहा।" ये कथन हँसी ले आए।

मैं कार से ही नागालैंड के लिए निकल गया। चार-पाँच घंटे में, रास्ते की हरियाली और सुंदरता देखता हुआ पहुँचने का विचार लिए। रास्ते में कुछ सड़क किनारे के ढाबे थे, जहाँ काफी अच्छे पराठे-चटनी और चाय मिलती थी। थोड़े दिन व्यस्त रहूँगा तो शांति रहेगी। पहली बार में मुझे नागालैंड अच्छा लगा था, आसाम जैसा ही पर ज्यादा हरा और कम भरा, फिर भी आसाम घर लगता था। इस बार मुझे नागालैंड आसाम से भी अच्छा लगा। हरा भी और छिपने लायक भी। काम से आजाद होकर जब मैं बैठता, अप्रत्याशित विचार दिमाग में घूमते। नरूला से कभी बात नहीं होगी, फिर आसाम में है ही क्या, कनिका भी नहीं है कि सुमन को मोह हो। खुशी तो हर जगह एक जैसी ही रहेगी। क्यों ना

नागालैंड ही आ जाएं। फिर लगता कि कभी ना कभी काम पर मैं नरूला से जरूर टकराऊँगा, वो मुझे देखकर अनदेखा कर देगा तो? आसाम में नरूला बड़ा नाम है। क्यों ना मैं नागालैंड में ही रहूँ, मेरा भी नाम बड़ा होगा। पर बीच-बीच में नरूला का वह रूप भी याद आता रहा जहाँ उसने परिस्थितियों से परे मेरी मदद की थी। चाहे वो एम॰बी॰बी॰एस॰ का महान नरूला हो जो फेमस होने के बाद भी मुझे दोस्त बनाता हो या बाद का नरूला, जो सुमन को बता दे कि चाहे बहन बन जाओ, पर मेरा दोस्त मुझे प्यारा है। अब नागालैंड में भी फिलहाल ऐसा काम नहीं था। सब सही चल रहा था। चार-पाँच दिनों में मुझे एहसास होने लगा कि मैं वहाँ बैठकर नरूला को ज्यादा याद कर रहा था। दूरियों और खाली समय से तो यादें पोषित होती हैं। मैं पाँच दिनों में ही वापिस आसाम आ गया। घर पर खुशी थी, सुमन थी और क्लीनिक भी था। दो दिनो के बाद, यानि नरूला से मुलाकात के बारह दिनो के बाद, जब मैं बाहर बैठा अखबार का सेवन कर रहा था, नरूला की मर्सीडीज आकर रूकी। मन में घबराहट हुई कि क्या पता वो क्या कहने आया हो, पर उसने शीशा नीचे किया और चिल्लाया, "सूरे, आजा तुझे कुछ बताना है।"

"सूरे...." यह शब्द और पहले वाली चहक सुनकर मुझे बहुत प्रसन्नता हुई, मानो बरसों की प्यास पर तरावट हुई हो।

"चाय तो पी लीजिए।" सुमन ने नरूला से पूछा। वो भी खुश थी।

"कल आता हूँ भाभी, आज तो काम है बहुत सारा। सूरे, आजा भाई।"

"मैं कपड़े तो बदल लूँ।"

"अरे पार्टी-शादी में नहीं जा रहे, घर ही चलना है। पायजामें में ही आजा।"

"दो मिनट रूक जा भाई। लोग कहेंगे नरूला जी ने नया नौकर रख लिया।" मैं हँसता हुआ अंदर भागा और कपड़े बदल कर आ गया। यह खुशी लगभग वैसी ही थी जैसी बचपन में हुई हो। जब आप नए-नए मुहल्ले में आए हो और शाम में खेल रहे बच्चों ने नाम से बुलाया हो, "आजा खेलेगा?" बस उम्र ने फुदकना बंद करवा दिया वरना मैं फुदक कर ही जाता।

"सुना कि तू नागालैंड गया था?" कार चल पड़ी और बात भी।

"हाँ, कुछ काम-सा आ गया था।"

"मैंने एक बंदा भेजा था पाँच दिन पहले भी, तुझे बुलाने। भाभी ने भगा दिया।"

"उसने बताया नहीं होगा कि तुमने भेजा है।"

"हाँ, शायद।"

"सब कैसा है नीरू?" मैंने पूछा।

"चल बताता हूँ ना।" नरूला ने घर में घुसते ही सहायिका से पूछा, "परी?" और उसने संक्षिप्त सा जवाब दिया। "सो रही है।" हम दोनों सीधे बेसमेंट में गए। जब मैं पिछली बार आया था, तब यह उजाड़ सी जगह थी। टूटे पिंजड़े, गिरे फर्नीचर पर अब सिर्फ यही दोनो बदले थे। फर्नीचर सीधी हो गई थी और पिंजड़े अपनी जगह दुरुस्त थे। पिंजड़ो मे रंग-बिरंगे फर वाले पहाड़ी चूहे भी थे।

"तुमने तो लैब से अपना नाता तोड़ लिया था?" कनिका वाले हादसे के बाद नरूला ने खुद ही बेसमेंट को हमेशा के लिए बंद किया था। पर अब यह जीवंत प्रयोगशाला देखकर मुझे थोड़ा आश्चर्य हुआ।

"नशा है, छूटेगा थोड़ा ना। सुन तो ले" नरूला ने कुर्सी मेरी तरफ खिसकाई और सामने वाली टेबल पर कूद कर बैठ गया। "सूरे, तू मेरा सबसे करीबी भाई है, मुझे लगता है तू समझेगा।"

मैंने हाँ में सिर हिला दिया।

"जो तुमने परी के बारे में बताया, वो सत्य है। मुझे पहले लगता तो था कि मेरी बेटी सामान्य से थोड़ी अलग है। पर शायद बाप होने की वजह से मैं उस "थोड़े अलग" की दूरी को छोटी मानता रहा। मेरी आँखें, मेरा दिमाग, सब परी पर केंद्रित है भाई, इसलिए इस तरह सोच नहीं पाया। पर यह भी सच है कि मैंने उसके

रिफलेक्स, पावर सब कई बार जाँचे थे और सामान्य पाकर और भी अंधा होता गया। पहले तो तुझे धन्यवाद कि तुमने सच बोल दिया।"

"धन्यवाद? मुझे तो लगा था कि अब तू कभी बात भी नहीं करेगा।"

"कैसी बातें कर रहा है सूरे। खैर, उस समय तो सदमा लगा था। पर मैं सोचता रहा, ऑटिस्टिक हो गई तो इस नाम, इस पैसे का मैं क्या करूँगा? तू मेरी जगह होता तो क्या करता?"

"नीरू, क्या बताऊँ?" मेरे लिए जवाब देना आसान नहीं था, "जो जिस परिस्थिति में होता है, वो ही उस परिस्थिति पर सही प्रतिक्रिया दे सकता है। पर इतना है कि ऑटिस्म् के लिए परिवार को तैयार होना पड़ता है। प्यार, ध्यान रखना और बच्चे के हिसाब से दुनिया तैयार करना बेहतर रास्ता है।"

नरूला उठा, "कॉफी लेगा? मैं लेकर आता हूँ।" और पूछने से ज्यादा बनाने का काम करके वो ऊपर चला गया। मुझे वो सामान्य नहीं लग रहा था। उसने सारी दुख भरी बातें स्वीकार कर ली और दुख दिख भी नहीं रहा। मेरे अंदर परेशानी-सी होने लगी। मैं भी उठ कर उस लैब में टहलने लगा। तीन पिंजड़े थे, तीनों में तीन-तीन पहाड़ी चूहे थे। एक कटोरी थी, एक लाल रंग की छोटी गेंद थी और कुछ धागे लटक रहे थे। पर चूहे भी

नरूला के साथ रहकर अजीब हो गये थे। पहले पिंजड़े वाले चूहे तो चुपचाप अलग-अलग कोनों में बैठे थे, दूसरे वाले कूद रहे थे और तीसरे वाले रस्सी कुतर रहे थे। दूसरे कोने में एक ओ टी टेबल थी, एक अल्ट्रासाउंड मशीन एक दवाईयों की ट्राली। एक तरफ किताबें और कम्प्यूटर था, साथ में लगी स्क्रीन एक्स-रे या सी टी, एम आर आई की फिल्म देखने के लिए। मैं घूम-घूम कर किताबें देखता रहा। अधिकतर न्यूरो-सर्जरी की ही थी। कोने में नरूला को मिले हुई ईनाम और ट्रॉफी भी रखे थे। नरूला कॉफी लेकर आ गया। मतलब साफ था कि उसके पास सुनाने को बहुत कुछ था। "तुझे तो पता ही होगा ऑटिस्म् में दिमाग के अंदर क्या होता है?" उसने कॉफी मुँह में भरते हुए पूछा।

"मतलब?"

"मतलब केमिकल लोचा। मुझे बता कि ऑटिस्म् में क्या पैथोलॉजी हो रही है।"

"तुझे तो पता ही होगा भाई।"

"एसीटाईल कोलिन की तुलनात्मक कमी है हिप्पोकैंपस के पास। बस थोड़ा लोचा है, पर यही काफी है जिंदगी में उठा-पटक करने के लिए।" नरूला मुझे कागज पर न्यूरोफिजियोलॉजी समझाने लगा। कैसे सर्किट है और कहाँ एसीटाइल कोलिन की कमी है, जिसकी वजह से सेरोटोनिन तुलनात्मक ज्यादा है

बगैरह-बगैरह। आठ साल पहले मैं इन चीजों में बहुत दिमाग लगाता था क्योंकि परीक्षा देनी थी, अब तो मोटा-मोटा ही याद था। जिस बारीकी से नरूला कागज पर सर्किट बना रहा था उससे पता चल गया कि उसने कुछ दिनों में काफी पढ़ाई की थी।

"दस में से दस मिल जाते अगर मैं परीक्षक होता तो।" नरूला के रूकते ही मैंने हँस कर कहा। वो भी मुस्कुरा उठा, "सूरे, कुछ छूटा तो नहीं।"

"नहीं भाई।"

उसने कलम कागज के ऊपर रख दिया और खड़ा हो गया। "इधर आना।"

वो मुझे चूहों के पास ले गया। पिंजड़े पर एक डायरी थी, उसको उठा कर पेज पलटता रहा, फिर बोला, "तुझे पता है, पहाड़ी चूहे मूर्ख प्राणी हैं। इनको गोद में लेकर घास दे दो तो ये घास खाएंगे, भागने की कोशिश नहीं करेंगे। इनके लिए खाने का सुख ही सबसे बड़ा सुख है।"

मैंने हाँ में सिर हिला दिया।

"ये दूसरे पिंजड़े वाले चूहे देख, ये ठीक हैं पर पहले वाले? मैंने इनके दिमाग में एसिटाइल कोलीन एंटागोनिस्ट का डिपो इंजेक्शन लगा दिया है।"

"नरूला", मैंने अपने हाथ को कॉफी के कप के चारों तरफ जोर से जकड़ दिया। मुझे लगा कि वह कप मेरे

हाथ से गिर सकता है, कि बेसमेंट में हवा और रौशनी कम है और नरूला पागल है। तीस सैंकेण्ड तो मुझे यह समझने में लगे कि वो कहना क्या चाह रहा था। पर जब समझ आया तब सदमा सा ही लगा। "तू पागल है क्या नीरू?" मैंने उसे डाँट लगाते हुए कहा। जेहन में था कि बीबी मर गई, बच्चा भी ठीक नहीं, ऊपर से वो शख्सियत भी टाईप ए था। जो जितना समृद्ध होता है, उसके पास खोने को उतना ही ज्यादा होता है। नरूला कुछ सालों पहले लाल बत्ती की गाड़ी में घूम रहा था। आज खाली पड़ा था, शायद इसीलिए ऊल-जलूल हरकतें कर रहा हो।

"पागल? अरे नहीं भाई, पागलपन नहीं इसे शुद्ध विज्ञान कहते है। आगे तो देख।" नरूला हँस कर अगले पिंजड़े की तरफ आया। तीन चूहे रस्सी कूतर रहे थे, कूद भी रहे थे। "ये ठीक दिखते हैं? इसमें तो एसीटाइय-कोलिन और सेरेटोनिन का बैंलेस ठीक होगा ना?"

मैंने हाँ में सिर हिला दिया, "लगता तो ऐसा ही है।"

नरूला जोर से हँसा। "सही है। तुझे पता है सूरे, मैंने छह चूहों को दवाई से ऑटिस्टिक बनाया था। इन तीनों को थोड़ा एसीटाईल कोलिन डिपोट इंजेक्शन सिलिकॉन प्लेटफार्म पर डाल कर, चिप बना कर दिमाग में डाल दिया। छोटी सर्जरी। असर देख लो।"

मैंने कॉफी का कप टेबल पर रख दिया। आश्चर्य से चूहों को देखकर मैंने नरूला से कहा, "नीरू, बेचारों ने तेरा क्या बिगाड़ा है भाई? क्यों इनकी जिंदगी की बैंड बना रहा है? ये चिप खत्म हो जाएगी, तब? और अगर चिप ने अपने चारों तरफ फ्राइब्रोसिस कर लिया तो? भाई, दिमाग तो बेस्ट न्यूरोसर्जन, भगवान ने बना रखा है। इससे छेड़-छाड़, मास्टरपीस को खराब करने जैसा है।"

नरूला अपने फार्म में था। ऐसा फार्म, जब स्पीकर की सर्जरी करनी थी या मुख्यमंत्री के रिश्तेदारों की, तब देखा गया था। इतना ऊँचा, इतना चमकदार कि सावधानी और आलोचना दूर ही खत्म हो जाएं। वो मुस्कुरा कर मुड़ा और डायरी वापिस पहले पिंजड़े पर रख दी। "सूरे, मास्टर पीस तो मैं भी हूँ भगवान का। पर सब सही नहीं बन पा रहे ना। अब ट्यूमर है, एन्यूरिस्म है, सिस्ट है........ सब मास्टर पीस में कमी ही तो है। इन्हें हम ठीक नहीं करते? ऑटिस्म भी मास्टरपीस में कमी ही तो है। भाई, तू क्या चाहता है, नरूला की बेटी डर-डर कर रहे, असामान्य जिए? ना भाई। न्यूरो सर्जरी अगर मेरे ही काम नहीं आई तो क्या फायदा। पिछले कुछ दिनों में मैंने नया कुछ सोचा है, न्यूरो केमिकल सर्जरी। सिलिकॉन का इनर्ट पदार्थ बेस में है, कोई फ्रायब्रोसिस नहीं होगा। नैनो-वैल बनाकर रखेंगे ताकि ज्यादा केमिकल चिपक सके और

पेगेलेटेड केमिकल होगा, जो धीरे-धीरे रिसाव हो। एक चिप लगभग बीस-तीस साल चलेगी और जब भी खत्म होगी, स्टीरियोटेक्टिक व इमेज गाइडेड तरीके से, कुछ मिनटों में हम सिलिकन बेस को रिचार्ज कर देंगे। यह विज्ञान है सूरे, विशुद्ध विज्ञान। अब बता अपनी दुविधा।"

"सही है भाई। बड़े लोग बड़ी बातें। इसका प्रोजेक्ट डाल दे पहले। अनुमति तो ले लो आई सी एम आर से। रास्ता लम्बा है पर एप्रूवल तो तभी मिलेगा।"

"एप्रूवल? आई सी एम आर से जानवरों पर न्यूरो सर्जरी का एप्रूवल? भैया, जीवन निकल जाएगा। अगर पूछ-पूछ कर ही सर्जरी करनी होती तो दिल्ली-मुंबई में नहीं बैठता? आसाम में, बेसमेंट में लैब और उस लैब में सर्जरी के लिए मुझे सिर्फ अपने आप से ही पूछना पड़ता है सूरे। और यह सब में चूहों या आम जनता के लिए नहीं कर रहा, परी के लिए कर रहा हूँ। जो जीवन संघर्ष है तो चाकू तो धार करना होगा ना।"

मैंने मन ही मन सोच लिया था कि इस मुद्दे पर इसको पूछना ही नहीं है। "दूर रहो" और जो सोचा वो यह था कि ज्यादा कुछ सुमन को भी नहीं बताना है। हम दोनों बेसमेंट से बाहर आ गए। परी भी उठ गई थी। इस बार वो मुझे ज्यादा ऑटिस्टिक लगी। चेहरा भी थोड़ा अलग और व्यवहार भी। वो भागकर नरूला से चिपक गई। कम शब्द, बस "पापा-पापा।"

घर जाते समय, दिमाग में मानो चिप लग गई हो, बैचेनी रही। क्या कर रहा है नरूला? क्या देख आया मैं? क्या गुजर रही होगी उस पर? पता नहीं। शायद कुछ दिनों में, जब वो दुबारा सोचेगा तब ऐसा रेडिकल, एक्पेरिमेंटल काम परी के लिए खुद ही मना कर दे। मेरे पापाजी कहते थे, "अपनी किस्मत से लड़ना, अपने आप से लड़ने जैसा है। बेहतर है कि प्रकृति जो दे, उसे ऊपर वाले का तोहफा मान कर ग्रहण करो। फिर चाहे नीम हो या आम। नहीं लोगे तो प्रकृति मुँह खोलकर अंदर डाल देगी।"

मैंने नरूला का पागलपन और उसकी महत्वकांक्षा, दोनो में से कुछ भी सुमन को नहीं बताया। बस इतनी खबर दी कि दो दोस्त फिर से दोस्त ही हैं और इतनी खबर व्यस्त सुमन के लिए काफी थी। खुशी के साथ उसका समय पंख लगा कर उड़ रहा था। पर मेरे मन में उठापटक चलती रही। "गलत है पर भाई तो है ही।" "गलत है तो रोकना है ना।" "नहीं रूकेगा पर बोलना तो फर्ज है।" मन नित नए फरमान सुनाता रहा और दो दिनों के बाद मैंने फैसला कर लिया कि मैं नरूला को रोज फोन करके समझाऊँगा कि ऐसा ना सोचे, कि ये प्रयोग वर्जित हैं और पहले स्वीकृति लेना ही एकमात्र रास्ता है। जब वो फोन से आजिज आ जाएगा तो रोज घर जाकर समझाऊँगा। तब तक जब तक वो मान न जाए या मैं थक ना जाऊँ। पर मेरे आश्चर्य में, नरूला ने

कभी फोन पर गुस्सा नहीं किया। मैं उसे रोज समझता रहा, आध्यात्म, कानून, मेडिकल के एथिक्स और वो मुझे बताता रहा कि सिलिकॉन बेस इमल्सीफाईड रूप में भी केमिकल ले जा सकता है, बस इंजेक्शन देना है, दिमाग में। उसे पता नहीं मेरी बातें कितनी समझ आयी, पर मुझे पता चला कि उसने सिंगापुर के किसी बायो-टेक्नोलॉजिस्ट से सिलिकॉन इमल्सीफिकेशन और केमिकल इम्प्रेगनेशन पर काफी बातें की है, जो उसे ठीक लग रही थी।

लगभग दस दिनों के बाद मैं उसके घर में था। मुझे लगा कि फोन उसके कान तक आवाज ले जा रहा है, दिमाग तक नहीं। "तू समझ रहा है ना नीरू, ये अनैतिक भी है और खतरनाक भी।" मैंने उसे बिठा कर समझाया।

मन में दर्द गूंज उठा, मेरा मित्र, जो मेरे लिए हमेशा खड़ा रहा, आज कष्ट में था। क्या करूँ-क्या करूँ, यह सोच दिमाग में टटोलने लगी तो अचानक ही ख्याल आया। "चल नीरू, आजा, तुझे कहीं ले चलता हूँ।"

"कहाँ?"

"चल तो सही। तू अफसोस नहीं करेगा। चल"

मैंने उसे हाथ से पकड़ कर अपनी कार में डाल दिया। लगभग एक घंटे की शहरी भीड़-भाड़ के सफर के बाद हमारी कार शांत, पतली, ऊबड़-खाबड़ सड़क पर

आ गई। हम दोनो चुप ही थे। नरुला के मन में शायद परी की अशांति थी और मेरे मन में नरुला की। कार एक पुराने से घर के बाहर रुकी। घर के बाहर एक अधेड़ उम्र का, छोटी लम्बाई की आदमी खड़ा था। मैं उसे जानता था, मास्टर बोरा जी। उनका लड़का मेरा मरीज था। जन्म पर ना रोने वाला, अब दिमागी रुप से कमजोर। पर बोरा जी कमजोर नहीं थे। जब मेरी पहली बार मुलाकात हुई थी, तब उनका लड़का चार साल का था और शब्दों से लड़ रहा था, डर रहा था। मैंने परेशान बोरा जी को सेरेब्रल पालसी और आटिज्म् बताया था। उन्होंने जी जान लगाकर अपने बच्चे की देखरेख, वर्जिस और अभ्यास किया। अब तो संतुष्ट थे। मुझे कार से उतरता देख कर बोरा जी दौड़ कर नजदीक आ गए। मैं उनके साथ थोड़ी दूर चला गया। मैंने उन्हें नरुला और परी के बारे में बताया, "डॉ॰ नरुला मेरे लिए भाई से भी बढ़ कर हैं। मुझे लगा कि शायद आप और आपके बेटे से मिलकर वो...........। अगर आप सहमति दें तभी। कोई जबरदस्ती नहीं है।"

"ये दिमाग के सर्जरी वाले डॉक्टर नरुला?"

"हाँ, वही हैं।"

"डॉक्टर साहब, मुझे उन्होंने ही आपके पास भेजा था। अगर मैं आप दोनो के काम आ सकूँ तो मेरा सौभाग्य!"

हम दोनो कार के नजदीक आ गए। बोरा जी ने नरुला को घर बुला लिया। नरुला चुपचाप था। बस बीच-बीच में घड़ी देख लेता था। बोरा जी का घर छोटा पर प्रयास था। हम दोनो लकड़ी के सोफे पर बैठे और बोरा जी ने आवाज लगाई, "गौरव, पानी लाना..........।" नरुला चुपचाप ही बैठा रहा। मैं बोरा जी से उनका कुशल-क्षेम पूछता रहा। तभी सामने के कमरे से उनका लड़का, लगभग दस-बारह साल का, हाथ में ट्रे पकड़े आ गया। उसके हाथ में ट्रे पर प्लास्टिक के तीन गिलास थे। वो थोड़ा सा आगे झुका हुआ था, सिर नीचे झुकाए और हाथ कांपते से। बोरा जी ने आगे बढ़कर तीनो गिलास उठा लिए। "ये मेरा बेटा है डॉक्टर साहब" फिर वो बेटे की तरफ मुखातिब हुए, "नमस्ते करो बेटा।" गौरव ने तुरंत ही हाथ की ट्रे छोड़ दी और दोनो हाथ जोड़ दिए। ट्रे जमीन पर गिरी और जोर के आवाज के साथ उछल कर टेबल के नीचे घुस गई। आवाज से गौरव डर गया और चिल्लाता हुआ घर के अंदर भाग गया। बोरा जी हँस पड़े, "नीलम, गौरव को देख लेना।"

नरुला का चेहरा सख्त हो गया। उसे लगा कि यह सब उसके अपमान के लिए किया गया है। उसने गिलास टेबल पर रख दिया। "मास्टर जी, आपका उस बेचारे बच्चे पर यूँ हँसना मुझे अच्छा नहीं लगा।" मैं और बोरा जी स्तब्ध हो गए। "मुझे दिखता है कि आप अपने ऑटिस्टिक बच्चे का कार्टून बना कर क्या बताना चाह

रहे हैं। आपके मुस्कुरा देने, या हँसने से उसका दिमाग या उसका भविष्य ठीक नहीं होगा। आप एडजस्ट हो रहे हैं, बच्चा नहीं। क्या आपको पता नहीं था कि उससे ट्रे या गिलास गिर सकता है? माफ कीजिए मास्टर जी, आग लगी हो तो आग बुझाईए, उसके आगे नाचने से क्या होगा?"

मेरे लिए स्थिति और भी खराब थी। बोरा जी से मैंने नरुला के लिए आग्रह किया था। यहाँ तो स्थिति खराब हो रही थी। "नरुला भाई.................। भाई बोरा जी का बेटा.............। वो तो मेरे कहने पर तुझे उससे मिलवा रहे थे।"

"क्या मिलवा रहे थे। ऐसे पालते हैं बच्चा? शो-केश में रख कर जलील करना पालना नहीं होता। बच्चे की कमी पर हँसना पालना नहीं होता।" नरुला उठ कर खड़ा हो गया, "सूरे, पता नहीं तेरा इरादा क्या था। पर मुझे अच्छा नहीं लगा।"

वो बाहर निकल गया। मैं चुपचाप खड़ा हो गया। बोरा जी ने मेरा हाथ पकड़ कर कहा, "डॉक्टर साहब, आप बुरा मत मानो। आप तो मेरे भगवान हो। आपके मित्र परेशान हैं, शायद अभी उनसे मिलने का समय उचित नहीं। हम उनकी पीड़ा अभी समझ नहीं पा रहे, वो मेरी संतुष्टि नहीं समझ पा रहे। आप उनके पास जाओ डॉक्टर साहब, उनको आपकी बहुत जरुरत है।"

मैं बोल कर बोरा जी का धन्यवाद नहीं कर पाया। लगभग भागता हुआ बाहर आया तो नरुला कार के पास खड़ा था। बिना कुछ बोले हम दोनो वापिस आ गए। घर आने पर नरुला उतर गया। लम्बे मौन के बाद वो बोला, "सूरे, शायद मैं ज्यादा बोल गया। पर जिंदगी तो लड़ने का नाम है। वैसे भी ऑटिज्म् हो या दूसरी बीमारी, दूसरों के घर में देख कर ज्यादा दया जागती है, अपने घर में झेलना आसान नहीं।"

एक ससाह तक नरुला से कोई बात नहीं हो पायी। मन में अजीब सी हलचल रही, कभी उसकी मनोदशा को लेकर तो कभी अपनी मनोदशा पर। शायद मैंने ही सीमा लांघ दी यही सोचकर मैं नरुला के घर पहुँच गया। मानो वो मेरा ही इंतजार कर रहा था। परी उसकी गोद में चिपकी हुई थी। नरुला ने परी को उतारने की कोशिश की तो वो चीख कर और जोर से चिपक गई। "सूरे, हमारी चर्चा बाकी रह गई थी, अब आगे चलें। जब ब्रेन ट्यूमर का केस आता था और हम आप्रेशन या सिकाई नहीं कर पाते थे, तब तक सामान्य कथन था- भाई अब हमारे एलोपैथी में इसका इलाज तो है नहीं। आयु छोटी है, चाहो तो आयुर्वेद या होमियो या देसी कुछ भी कर लो। आपकी संतुष्टि रहेगी कि कोई भी कोशिश नहीं छोड़ी। तुम लोग भी कहते ही होगे ऐसा।"

मैंने कोई जवाब नहीं दिया। उसका मंतव्य साफ था कि अगर हम इलाज नहीं बता रहे तो रूकावट भी ना बने। "पर आयु कम नहीं होती है ऑटिस्म् में।" "क्वालिटि ऑफ लाईफ मेरे भाई।" कुछ मिनटों तक शान्ति रही। फिर नरूला ने मुस्कुरा कर कहा, "मैं तेरी बातें दिल से सुनता हूँ सूरे। मैंने आई सी एम आर में न्यूरो-केमिकल सर्जरी के लिए अर्जी डाल दी है और न्यूरो-फिजियोलॉजी के टॉप वैज्ञानिक "हैरी मैथ्यू" को भी मेल कर चुका हूँ। मैं पागल नहीं हूँ भाई, पर दर्द में हूँ। तू अगर अपने दोस्त के साथ भी कानून ही लागू करेगा तो मैं अपने आपको खास कैसे समझूँगा?"

बात सही भी थी। दोस्ती और रिश्तेदारी की परख तो कानून से परे जाकर ही होती है। नरूला खास था, मैंने उठकर उसक कंधे पर थपकी दी और परी के सिर पर भी हाथ फेरा, "मैं हमेशा तेरे साथ हूँ भाई, पर टोकता रहूँगा। तू खास है भाई और तेरी बेटी सिर्फ तेरी ही नही, हमारे घर का भी हिस्सा है।"

हम दोनो कुछ देर और बैठे। नरूला ने पूछा कि सुमन की क्या प्रतिक्रिया है तो मैंने बता दिया, "उसे पता नहीं है।" यह खबर उसके लिए खुशी की थी। उसके दोस्त ने दोस्ती और राजदारी दोनो निभाई थी। नरूला कुछ-कुछ बताता रहा, अपने और परी के बारे में। पर मेरे दिमाग में बार-बार चूहे ही घूम रहे थे।

"यह आदमी बौद्धिक स्तर में अलग ही है।" जब कनिका चली गई थी, तब मैं और सुमन नरूला की दूसरी शादी की संभावना भी चर्चा का विषय बना चुके थे। हमने परी के लिए सौतेली माँ का अफसोस भी महसूस कर लिया था। पर तब भी, नरूला का शादी ना करना हमें सुखद आश्चर्य दे गया। "अगर कनिका की तरह मुझे कुछ हो जाए तो तुम क्या करोगे?" यह सुमन का प्रश्न था, हालाँकि हल्के-फुल्के मूड में पूछा गया था। मैंने भी हँस कर जवाब दे दिया था कि नरूला की तरह, उसी के साथ रह लूँगा। फिर मैंने पूछा था, "और अगर मुझे कुछ हो गया तो?" सुमन ने भी हँस कर जवाब दे दिया था। "नरूला की तरह, पर उसके साथ नहीं, रह लूँगी।" हम दोनों नरूला के फैसले की इज्जत करते थे। आज जब उसने अपना दर्द बताया तो मेरा दिल भी दर्द से भर गया। वैसे तो मैं उसे विज्ञान के नैतिक सिद्धांत समझाने आया था, पर दोस्ती का भौतिक सिद्धांत समझ कर उठा। मैंने जाते-जाते अपने आप को समझाया कि अभी नरूला को जरूरत है, दोस्ती की, हम राज की, यह सब बातें मैं अपने तक ही सीमित रखूँगा।

"सूरे, आते रहना मेरे भाई।" नरूला ने हाथ हिलाते हुए कहा।

"फोन की भी जरूरत नहीं है नीरू, बस याद कर लेना, मैं आ जाऊँगा।" वैसे इस तरह ही नकली बातें

मैं नहीं करता था पर आज मुझे वहाँ से निकलते वक्त अच्छा, खास-खास सा महसूस हो रहा था।

चार-पाँच महीनों तक शांति रही, ना नरुला ने ज्यादा अपने ख्याल बताए, ना मैंने छेड़ा। मुझे लगा कि वक्त के साथ नरुला भी सच्चाई और किस्मत को आत्मसाध कर रहा था। मुलाकातें हुई, पर कुछ गंभीर बातें नहीं हुई। मामला स्थिर जानकर मैंने अपने प्रोजेक्ट पर ज्यादा ध्यान देना शुरु कर दिया था। वैसे भी, सुमन और खुशी व्यस्त थे। मेरे ना होने से घर में खालीपन नहीं ही आता होगा। इसी सब विचार के साथ मेरा नागालैंड का तीसरा प्रवास शुरु हो गया। इस बार लगभग एक महीने रुकना था।

वहाँ की बात अजीब थी। कोई मेडिकल कॉलेज नहीं था और दो सीटें तय थी जो बाहर जाकर, अन्य प्रांत में ट्रेनिंग की थी। आधे लोग वापिस आते थे और आधे दूसरे प्रांत में ही रुक जाते थे। मिला-जुला कर डॉक्टर कम थे। ऐसे में लोगों का रुझान देसी नुस्खों पर ज्यादा था। पेट दर्द के पत्ते, नाकसीरी के पत्ते, बाबासीर के बीज......पता नहीं क्या क्या? लगभग हर छोटी-बड़ी बीमारी के लिए पत्ते, जड़, छाल, बीज कुछ ना कुछ तो था। एलोपैथी में वही लोग पहुँच पाते थे जो या तो देसी पद्धति से परेशान हो चुके हों या हमसे सेकेंड ऑपिनियन चाहते हों। मुझे अक्सर खीझ भी आती थी और हँसी

भी, जब मरीज सारा कुछ समझ कर कहते थे, "आपके इलाज में तो चाँस कम हैं, दूरम जोबी की दवाई में तो गांरटी है।" "दूरम जोबी" भी कोई झाड़ा-फूँका और देसी नुस्ख़ों को उपयोग में लाने वाला आदमी था, वहाँ का प्रसिद्ध डॉक्टर। डिग्री ना सही पर अपने आप पर भरोसा इतना कि वो लगभग हर बीमारी पर ठीक होने की गांरटी भी देता था। वहाँ एक तो भविष्य बताने वाले भी बहुत थे। कुछ हाथ देखकर तो कुछ माथा देखकर आपके जीवन की गति, दिशा और परिणाम, सब बता सकते थे। मैं कई बार सोचता था कि जाकर दो-चार ऐसे महान लोगों से मिलूँ, पर सामाजिक डर ज्यादा था। वहाँ मैं आम आदमी नहीं था बल्कि एक बड़ा डॉक्टर था।

लोगों के साथ -साथ वहाँ का खाना -पीना भी मजेदार था। एक, लौंग मिर्ची, बिल्कुल दाने जैसी, ज्वालामुखी-सी मिर्ची थी। नमक लगाकर चाटने भर की। फिर शरीर में सेरोटोनिन ने हाहाकार मचा देना था। उसी तरह, कडी पत्ते के जैसा ही एक अजीब सा पत्ता था जो सब्जी में पड़ता था। उसकी गंध ही विष जैसी थी। धीरे-धीरे मुझे उसकी आदत हो गई थी, वरना शुरु के कुछ दिनों तक तो खाना भी विष ही लगता था। मेरे साथ एक बावर्ची रहता था, "सोंग जोरमा" । वो बूढ़ा और पतला सा था। कमर से थोड़ा झुका हुआ। उसकी खासियत थी कि वो हर सब्जी एक जैसी ही बनाता था। पत्ता गोभी डालो या पनीर या कटहल, सबका स्वाद दम आलू जैसा ही होना

था। सुमन कहती थी, "सिखला दो ना उसे। एक दो बार पनीर बना कर बता दो सीख जाएगा।" और ऐसा नहीं है कि मैंने उसे सिखाने की कोशिश ना की हो। मैंने उसे दो-तीन बार पनीर की भुर्जी बनानी सिखलाई पर जब चौथी बार उसने बनाया तो वही-विष। मसाला, पत्ते, मिर्ची और थोड़ा पानी- फिर भी विष।

तो अब नागालैंड में मेरे दो लक्ष्य थे। एक कि एलोपैथिक क्लीनिक्स शुरु करवाना और दूसरा - सोंग जोरमा को खाना बनाना सिखलाना। "तुम रसोईया कैसे बन गए?"

"साहब, मैंने कुछ नहीं किया। मेरा बाप कलक्टर का ड्राइवर था। एक बार उसने साहब को गैंडों से बचाया था। गैंडों ने गाड़ी पर हमला कर दिया था। तो साहब ने मुझे नौकरी दे दी। पहले मैं बर्तन धोता था, फिर परमोशन हो गया और अब खाना बनाने लगा।"

"तुम्हें खाना बनाना अच्छा लगता है?"

"नहीं साहब, बर्तन धोना आसान था और मजेदार भी। अलग अलग शक्ल के बरतन। धुल कर चमक जाते थे, ऐसे साफ, कि अपनी शक्ल देख सकें। खाना-बनाने में क्या है? सब मसाले ही तो हैं।"

मुझे समझ आ गया था कि इसके न्यूरल-सर्किट में क्या है। पर मेरा भी समय निकल जाता इसीलिए मैंने सोंग जोरमा के लिए एक स्ट्रकचर्ड ट्रेनिंग कोर्स डिजायन

कर दिया था। मुझे महीने के अंत तक उसे रोटी, चावल, दाल और दो तरह की सब्जी बनाना सिखलाना था और अहसास दिलाना था कि बिना पत्तों और बिना मिर्च के भी इंसानी खाना बन सकता था।

"बन तो जाएगा साहब, बन तो इमारत भी जाती है बिना पत्तों की, खाई थोड़े ना आएगी, स्वाद थोड़े ना आएगा।" जोरमा ने बिना पत्तों की सब्जी बनते देख कर कहा।

"आएगा..........दुनिया में लगभग ९९ प्रतिशत लोग, बिना इस पत्ती के ही खाना खा रहे हैं, जी भी रहे हैं, मोटे भी हो रहे हैं और डकार भी मार रहे हैं। बस आज से पत्ती, मिर्ची बंद। तुम बाद में अपने खाने में डाल लेना।" और जब उसने मेरे अनुसार खाना बनाया तो स्वाद अलग था। मैंने उसे बताया कि देख, यह खाना अच्छा है, बिना पत्ती का।

"साहब, स्वाद तो आना ही है, मैंने थोड़ी पत्ती पीस कर डाल दी थी। अब तो मानते हो कि वो अपना वहम है। पत्ती के खिलाफ।"

शुरु में मुझे गुस्सा भी आया पर ना तो गुस्सा प्रकट करना मुझे ठीक से आता था, ना ही वो जगह ऐसी थी जहाँ लड़ा जाए। मैंने दो तीन बार और कोशिश की पर उस महान रसोइए ने किसी ना किसी तरह से जंगली पत्ते खाने में मिला ही दिए, तलकर, पीसकर, सुखा कर,

भिगोकर, पता नहीं किस-किस तरह। धीरे-धीरे मेरी जीभ ने नया स्वाद अंगीकार कर लिया और मेरे मन ने उसे। मैंने सोच लिया था की काफी सारे पत्ते और मिर्चें मैं घर भी ले जाऊँगा। लगभग महीना बीतने को आया था और अब मन में वापिस जाने की इच्छा भी ज्यादा होने लगी थी। "अभी तो दस दिन हैं। वहीं रहो, काम खत्म करके आना।" सुमन ने मेरी इच्छाओं को परखते हुए जवाब दे दिया था। विडियो कॉल ने दूरी की मधुरता और इंतजार का मजा, दोनो ही कम कर दिया था।

जब मैं पहली बार हॉस्टल गया था तो छठी कक्षा में था। नवोदय विद्यालय, जहाँ महीने में एक दिन ही कुछ घंटो के लिए, घरवाले आकर मिलते थे। और शुरुआती सालों में तो मैं पूरे महीने उसी दिन का इंतजार कर रहा होता था। तब की तपिस कितनी अलग थी। हर आ रहे रिक्शे को इस उम्मीद से देखना कि शायद माँ इसमें हो? अब क्या है, फोन पर भी लोग मिल जाते, शक्लें दिख जाती है।

मैं बैठ कर शाम की चाय के साथ निक्सीन करने की कोशिश कर रहा था। 'निक्सीन' एक तकनीक है जिसका मतलब होता है कुछ मत करो। यानि शून्य में शक्ति का बाहर जाना। खाली बैठो, बाहर देखो, सोचो भी मत.......। मुझे तनाव कम करने के लिए निक्सीन ही सर्वोत्तम तरीका लगता था। उसी समय मेरा प्यारा

रसोईया अपने साथ आगंतुक ले आया। "साहब, यह आपसे मिलने आए हैं।" मुड़कर देखा तो आश्चर्य और खुशी, दोनो ही कूदने लगे। नरुला, लंबी समर-कोट और टोपी लगाए हुए सामने खड़ा था। "तुम?" मैंने उठकर उसे गले लगा लिया, "भाई, क्या सुखद आश्चर्य है। महान नरुला जी मेरे दड़बे में!"

नरुला ने औपचारिक और दोस्तों वाली नकली बातों के बाद, अपने आने की वजह बताया, "तू चल मेरे साथ सूरे। दो दिनों का काम है, फिर वापिस छोड़ जाऊँगा।"

"कहाँ? भाग कर शादी कर रहा है क्या? गवाह चाहिए?"

"मजाक नहीं, सच में कह रहा हूँ। मुझे एक केस में तेरी जरुरत है।"

मैं उसे मना नहीं कर सकता था पर बातें हजम नहीं हो रही थी।

"क्या केस है?"

नरुला ने चाय का कप उठाया और चार घूँटों में चाय खत्म कर दी। फिर खड़ा हुआ और दूसरी तरफ देख कर बोलने लगा, "तू इधर आ गया और मैं सिंगापुर गया था। कुछ वैज्ञानिकों से जान-पहचान बनी थी। वहाँ जाकर मैंने सिलिकॉन जेल पर केमिकल इम्प्रेगनेशन को देखा, सीखा। अब मेरे पास दस ऐसे जेल डोज थे, जो

0.001 माइक्रोग्राम प्रति घंटे से लेकर 0.1 माइक्रोग्राम प्रति घंटे तक एसीटाईल कोलिन छोड़ सकते थे, वो भी पूरे पाँच साल तक। मैंने कुछ डोज का प्रयोग चूहों पर करके देखा है सूरे। यह काम करता है। न्यूरो केमिकल सर्जरी हो सकती है।"

मैंने मुस्कुरा कर कहा, "तू कुछ भी कर सकता है नीरु। पर आई॰सी॰एम॰आर॰ की अनुमति का क्या हुआ?"

नरुला की आवाज रुखी हो गई, "क्या आई॰सी॰एम॰आर॰? अभी तो कमेटी तक पहुँचा भी नहीं होगा। तुझे क्या पता नहीं है कि ऐसे प्रोजेक्ट कितने महीनों में रिजेक्ट होते हैं और कितने सालों में पास? मैं अगर उनका इंतजार करूँगा तो ये चूहे, डार्विन के सिद्धांत पर चल कर कुत्ते बन जाएँगे।" मैं भी चुपचाप खड़ा हो गया।

"मैं परी की सर्जरी करना चाहता हूँ।" नरुला ने लंबी सांस लेकर कहा।

"पर............"

"तू साथ है तो चल। बेटी मेरी, रिस्क मेरा। अस्पताल भी मेरा, ना कोई कागज, ना रिकार्ड............बस तू खड़ा रहेगा तो सहारा रहेगा।"

मैं थोड़ी देर सोचता रहा। सर्जरी तो ये करेगा जरूरी और दोस्त दर्द में है। फैसला मुश्किल था पर फिर दिमाग में जयाब आया, "मुझे सर्जरी से क्या लेना देना।

मैं तो नरुला के लिए जा रहा हूँ, मूक दर्शक बन कर खड़ा रहूँगा। दोस्त नहीं रहेगा तो कौन रहेगा?"

"चलता हूँ।" मैंने अपना हाथ उसके कंधे पर रख दिया।

नरुला के अंदर ऊर्जा का संचार हो गया। उसकी आँखें चमकने लगी।

"चल फिर......."

"अभी?"

"हाँ..........आज रात ही सर्जरी है। गाड़ी से चलेंगे, तीन घंटे में पहुँच जाएंगे।"

"तीन घंटे।"

"भाई मर्संडीज है और शाम में रोड खाली है। चल।"

मैंने रसोइये को आवाज लगाई, "काम से जा रहा हूँ, कल शाम आऊँगा।"

"साहब पत्ते और मिर्ची दे दूँ, अगर आप घर जा रहे हो तो?"

हम दोनो रात के दस बजे नरुला के घर पर पहुँचे। मैंने बता दिया था कि मैं यह सब प्रकरण सुमन को नहीं बताऊँगा और नरुला भी यही चाहता था। आधे रास्ते में मेरा मन संशय और दोस्त का साथ देने का रोमांच, इन दोनो के बीच झूलता रहा था पर जैसे-जैसे हम दोनो घर के नजदीक पहुँचे, रोमांच ही बचा था। "जो होगा,

देखा जाएगा।" शायद इसकी वजह मेरी न्यूरोलॉजी की ट्रेनिंग और प्रैक्टिस भी थी। मुझे पता था कि हमारे लिए ऑटिस्म् के बारे में समझाना आसान है पर करना नहीं। अधिकतर परिवार, जो ऑटिस्म् के शिकार बच्चे की परवरिश कर रहे होते हैं, सामाजिक और मानसिक रुप से अलग ही हो जाते हैं। हँसते-खेलते माँ-बाप चुपचाप घर के अंदर रहने वाले लोग हो जाते हैं। हम लोग तो आसानी से कह देते थे कि बस थोड़ा मिस-फिट है, आस पास की दुनिया से, पर उस मिस-फिट के हिसाब से आस-पास की दुनिया बदलने के चक्कर में अक्सर परिवार दुनिया की परिधि ही कम करते रहते हैं। नरुला का साहसिक वैज्ञानिक कदम, गलत तो था पर गलत कहकर नकारा नहीं जा सका। घर में परी सो चुकी थी। मैंने सोती हुई परी को देखा। वो लगभग तीन साल की हो चुकी थी। मुँह के किनारे से लार की पतली लाइन तकिए तक जा रही थी। बाल छोटे-छोटे, बड़ा माथा, बड़े कान। वो प्यारी भी लगी और अलग भी।

"अब?"

नरुला ने हल्की और क्षणिक मुस्कुराहट से पलकें झपका दी। उसने अपने अस्पताल में बात की और जिसका सार यही था कि सब तैयार था। उसने परी को उठाया, बातें की, पर बच्चों की नींद तो भगवानी दया होती है। परी गोद में सो गई, कंधे पर सो गई, बैठे-बैठे भी सो गई........। परी को लेकर हम दोनो अस्पताल

चले गए। "सुबह तक आऊँगा।" नरुला के जाते जाते कामवाली को बोल दिया।

"इसे बाद में शक हुआ तो?"

"किस चीज का?"

"अगर कुछ गड़बड़.............."

नरुला ने कार चलाते हुए ही लंबी सांस छोड़ी, "अगर इसे कुछ हो गया तो मैं वैसे ही कहीं का नहीं रहुँगा। तुझे तो इस बारे में कुछ पता ही नहीं है"

"अच्छा -अच्छा सोचो भाई।"

मैं पहली बार नरुला के आप्रेशन थियेटर में आया था। न्यूरोलॉजी में हमें क्या चाहिए होता था, एक कुर्सी, एक टेबल, एक स्टूल और एक पटेलर हैमर। ज्यादा बड़ा डॉक्टर हो तो ई.ई.जी लैब। यहाँ तो चमकदार कमरा, अजीब सा आप्रेटिंग माइक्रोस्कोप, मशीन.............। परी अस्पताल में आकर जाग गई थी। नरुला ने उसे फेनारगन को जमा कर बनाई हुई लॉलीपॉप पकड़ा दी। थोड़ी देर में वो फिर सो गई। हम सब यही जानते थे कि प्रोफेशन काम अपने रिश्तेदारों पर मुश्किल होते हैं। हमेशा सुना था कि सर्जन ज्यादा नजदीकी की सर्जरी नहीं कर पाएगा, उसके हाथ काँपेंगे, पर नरुला तो अलग ही था। डर से दूर तक नाता नहीं, वो गुनगुना रहा था। उसने एम आर आई देखा, कुछ निशान से लगाए और

बहुत ही छोटे, लगभग एक सेंटीमीटर वर्ग के हिस्से के बाल हटा दिया। सी-आर्म से हड्डी की स्थिति को परखा और एक मोटी सुई से छोटा बर-होल बना दिया। बीस मिनट में उसने सिरिंज में भरी सिलिकॉन जेली के एक एम एल जेल को सही जगह पहुँचा दिया था। उसका गुनगुनाना चलता रहा और मेरी धड़कन बढ़ती रही। मैं बार-बार मॉनीटर पर देख रहा था कहीं कुछ गड़बड़ ना हो जाए। जब नरुला ने दस्ताने उतारे तब बीस मिनट ही हुए थे। उसने गुनगुनाना बंद करके मुझसे पूछा, "कैसा चल रहा है डॉ सुरेश?"

"इधर तो सब ठीक है।"

"अच्छा काम, बहुत अच्छा। चल चाय पीते हैं।"

अच्छा काम?? मेरा तो काम ही नहीं था। मैं अपने आपको एक तटस्थ इंटर्न महसूस कर रहा था, जो सीखने की असीम कोशिश करता है और उसे विषय का दस प्रतिशत समझ आता है। सच में, नरुला अलग ही था। चाय के साथ मैंने अपने सिर का बोझ हटाया और सामान्य होने की कोशिश की। "तुझे डर नहीं लगता नीरु? तू गाना गा रहा था?"

"डर..........बड़ा ही जटिल विषय है सूरे। कनिका होती तो मैं यह नहीं कर पाता। पर अब मेरे डर का घड़ा भरा चुका है, और नहीं समाएगा।"

"कब तक जागेगी परी।"

"जागने वाली होगी। बस जागते ही घर ले चलते हैं। तुम्हारा क्या प्लान है? घर जाओगे?"

"नहीं। वहीं सो जाऊँगा और सुबह वापिस.............। सुमन को ना ही पता चले तो अच्छा है।"

"सच छुपाने और झूठ बोलने, दोनो में क्या ज्यादा मुश्किल है?" नरुला हँसा।

"झूठ बोलना। झूठ बनाना पड़ता है, पकाना पड़ता है, परोसना पड़ता है।" मैं भी हँस पड़ा।

मेरे लिए झूठ बोलने से ज्यादा मुश्किल सच को पचाना हो रहा था। काफी मनोदबाव को झेलता हुआ मैं सुमन को इतना तो बता ही गया कि किसी सर्जरी के चक्कर में मेरा कुछ देर के लिए आसाम आना हुआ था। ना परी का नाम लिया ना नरुला के पागलपन का जिक्र। "अरे, जब यहाँ आए थे तो हमें भी दर्शन दे जाते।" सुमन की बातें यहाँ से शुरु होकर "कोई और भी घर और बच्चा तो नहीं पाल रहे?" तक गई परिहास में ही थी। घर से कुछ दिनों तक दूर रहो तो घर भी प्यारा लगता है और आप भी घर को प्यारे लगते हो। रोज की उपस्थिति में आकर्षण क्षीण होता है। नागालैंड से वापिस जाने की ललक मेरी भी बढ़ गई थी और सुमन और खुशी भी अब फोन पर दवाब बनाने लगे थे। इस बार पंद्रह दिन फालतू रुक गया था, यह प्यार उसी का परिणाम था।

"हमें भी कहीं घुमा लाओ?" सुमन ने इस बार आग्रह किया। वो अक्सर ऐसे आग्रह नहीं करती थी। जितना हो, उतने में जिओ के सिद्धांत को मानने वाली महिला थी। बगल में खुशी भी कूद रही थी। कुछ महिनों में ही मानो कुछ साल बड़ी हो गई हो।

"अरे तुम लोग भी चल लेते?"

"कहाँ? नागालैंड? वो तो काम से जाते हो, हमें कहीं छुट्टी-छुट्टी जैसा भ्रमण करवा दो। नागालैंड में आप तो काम पर निकल जाते हो, हम दोनो क्या करेंगे?" सुमन ने हँसते हुए प्रतिकार किया। वैसे सच भी था। यह सब स्वाद और अनुभव का चक्कर था। मेरे बचपन ने यह विचार ही आसपास नहीं होता था कि छुट्टी में घूमने बाहर जाना है। छुट्टी-मतलब आराम से घर में बैठो और हम जैसे बच्चों के लिए छुट्टी-मतलब पूरे दिन खेलो, का सिद्धांत था। मेरे घर में, इसी तरह, बाहर खाने का भी कोई स्थान नहीं था। बाहर तो मिठाई या डोसा ही मिलेगा, खाना तो घर पर ही बनेगा। पापा कभी कभी तो कहते भी थे, इसी खाने के चक्कर में तो आदमी घर बनाता है। जो बाहर ही चरना हो तो घर किस काम का? पर वक्त बदल गया था। अब बाहर खाना, बाहर घूमने जाना, यह सब एक जीवन की उत्तमता के लिए जरुरी समझे जाते थे। जो जितनी दूर जाकर घूमेगा, वो उतना सुखी! "जहाँ कहो। बताओ कहाँ

जाना है?" मैंने सबसे सुरक्षित मार्ग अपनाते हुए सवाल सुमन को ही भेज दिए।

"खुशी भी बड़ी हो रही है, मेरे घर चलते हैं ना?"

विचार ठीक था फिर भी मैंने कहा, "यह तुम्हारा ही तो घर है।"

"मेरे मायके। खुशी परिवार वालों से मिल लेगी, उनको भी अच्छा लगेगा।"

"जरुर।" मेरे ससुराल के लोग निहायत ही सीधे-साधे थे। ससुर जी हाई स्कूल के शिक्षक रिटायर हुए थे और सास गृहिणी थी। एक साला, जो वहीं पर कपड़ों की दुकान चलाता था और दो गायें। मास्टर जी धोती-कुर्ते वाले मनुष्य थे। सुबह उठकर एक बहुत ही सामान्य दिनचर्या में जकड़े हुए दिन का नर्वाह करने वाले। मुंगेर नाम की जगह थी और गंगा नदी बगल में। रोज गंगा नहाना, आरती करना, गली के दो-चार चक्कर काटना, चूरा-दही-गुड़ का नाश्ता करना और तैयार होकर अखबार पढ़ना। सासू माँ की भी तय दिनचर्या थी, पर दिशा अलग। वहाँ दिन ऐसे बीत रहे थे, मानो महीने बीत रहे हों। शादी के एक साल बाद मैं और सुमन मुंगेर गए थे। यहाँ ऑटो था, वहाँ रिक्शा। मुझे तो काफी अच्छा लगा था। मास्टर जी ने मुझे स्कूल में सबसे मिलवाया था, गंगा-आरती करवाई थी। मैं तुरंत ही तैयार हो गया- "जरुर।"

वैसे भी अभी खुशी छोटी थी और नागालैंड वाला काम भी लगभग "ऑटो-मोड" पर आ ही गया था। कुछ दिनों तक गायब रहने का यही सही समय था। एक बार मन में ख्याल तो आया कि नरुला के साथ कहीं और, बड़ी जगह, चल लेते, पर दूसरे ही पल ख्याल चला भी गया। वो व्यस्त भी था और अस्त-व्यस्त भी। परी का भी पता नहीं क्या चल रहा था। ना मेरी हिम्मत हुई, ना मैंने ज्यादा कोशिश की कि गहराई से पता चले। पता नहीं उस सिलिकॉन जेल ने क्या उत्पात मचाया हो। नरुला से जब भी बात हुई, थोड़ी-बहुत ही और हाल-चाल तक ही सीमित। "आकर देखेंगे"- यही सोचकर मैंने सुमन से कहा, "सही सोच रहे हो। कल चलें क्या?"

तीन महीने बाद जब मेरा नागालैंड का चक्कर पड़ा तो कुछ चीजें बदल गई थी। पहले तो मैं अपने क्वाटर में बैठकर सोचता रहा कि ऐसा क्या अलग है फिर अचानक पता चला कि मेरा रसोइया बदल गया था। नए वाले, लेखराज, ने छिपा कर मिर्ची नहीं डाली, पत्ते नहीं डाले, इसीलिए स्वाद भी नहीं था। लेखराज उत्तर प्रदेश से था। "पुराने वाला रसोइया कहाँ गया?" मैंने लेखराज से पूछा।

"क्या हुआ साहब, खाना पंसद नहीं आया क्या?"

"ऐसी बात नहीं है। पर वो कहाँ गया?"

"आप बता दो मसाला वगैर तो हम वैसा ही बना देंगे। हमको तो कह गया था कि आपको मसाला नहीं चलता है।" लेखराज ने हाथ जोड़ कर कहा। वो शायद कच्ची नौकरी पर होगा। उत्तर प्रदेश के लोग ऐसे ही मिले मुझको। एक सीधा सवाल था, सीधा जवाब दे देता, पर वो कुछ और ही बताएगा, वो नहीं उगलेगा, जो प्रश्न है। मैंने चिढ़ कर कहा, "जो पूछा है वो क्यों नहीं बताता?"

लेखराज ने तीन-चार मिनट भूमिका बांधने के बाद बताया कि पुराना रसोइया अब नौकरी छोड़ चुका था। उसका तबादला हुआ था राजस्थान, पर वो किसी भी तरह इस इलाके से जाना नहीं चाहता था। अकेला प्राणी था, रिटायर्ड फौजी-रसोइया। बस, छोड़ गया। फिर

लेखराज ने लंबी सी अपनी कहानी भी सुनाई। कैसे वो लखनऊ गया, कैसे ट्रेन पकड़ी, कैसे नौकरी मिली। बस मुझे इतना समझ आया कि कहानी सबके पास है और अनुभव भी सबके साथ है। "सुन भाई लेखराज, इधर के कुछ पत्ते होते हैं, कढ़ी पत्ते जैसे। और छोटी मिर्ची। वो लेकर रख। थोड़ी -थोड़ी डाल दिया कर खाने में।"

"साहब, वो मिर्ची तो जहर होती है। हमको बताया कि आपको पचने का दिक्कत है। आप मिर्ची मत खाओ। मरीच डाल देंगे।"

मैं उसकी लगातार बातें सुनकर थक गया था, "देख, मेरी बीबी ना बन। जो कहा है, वो कर ले।" मैंने घुड़की दी। हालाँकि, मैं कम ऊर्जा वाला प्राणी था, पर चिढ़ और गुस्सा साथ-साथ ही आते हैं। वो गया तो पैर सामने की मेज पर रखा और आराम से सामने हिल रहे हरे पेड़ देखने लगा।

दो दिनों के बाद ही घर से फोन आ गया। खुशी गिर गई और सिर फूट गया। एक टांका भी लगा। फोन रात के दो बजे आया तो मेरे पास उठ कर भागने के अलावा कोई चारा नहीं था। नागालैंड में, जिस जगह पर मैं था, रात को टैक्सी मिलना संभव नहीं था। शाम के बाद तो हाथी और तेंदुओं की भी कहानी घूमती थी। "कैसी तबीयत है?" टैक्सी नहीं मिलने पर मेरी चिंता बढ़ रही थी।

"सो ही रही है। नरुला भाई साहब ने टांका लगा दिया पर वो तो वापिस किसी बड़े केस में घुस गए हैं, मुझे बस बताया है कि जब तक ना जागे, मुँह से कुछ मत देना। आप कितनी देर में आ जाओगे।" सुमन ने घबरा कर बताया।

"कोशिश कर रहा हूँ।"

एक विचार तो यह उठ रहा था कि खुद गाड़ी लेकर चल लूँ। यदा कदा दिखने वाले हाथी, अगर दिख भी गए तो उनकी मर्जी और मेरी किस्मत। संभावना तो कम ही होती है। नींद तो कब की गायब हो चुकी थी। पर रात को गाड़ी चलाना मेरे लिए सरल नहीं होता।

"साहब जी, मैं चलूँ साथ।" लेखराज ने आँख मलते हुए कहा। वो पीछे आकर खड़ा हो गया था। मैं उससे पहले ही खिन्न चल रहा था। जवाब ना देकर बस नजर उठा कर देख लिया। "मैं गाड़ी चला लूँगा।"

"सच?"

"हाँ साहब जी, मुझे आता है अच्छे से।" यही ठीक था। जब मुझे नींद आएगी या परेशानी लगेगी, ये चला लेगा। वैसे भी अकेले जाने से अच्छा है दो लोगों का जाना।

"चल फिर।" लेखराज डंडा, तौलिया, रस्सी पता नहीं क्या क्या रखने लगा।

"ओ भाई! बसने नहीं जा रहे।"

"साहब जी, मशाल का समान है, हाथी आ गए तो?"

मन में कल्पना हुई कि लेखराज मशाल लेकर हाथी को हुड़-हुड़ कर रहा है। खैर हम निकल पड़े। कहीं ना कहीं मुझे पता था कि खुशी का सिर फूटा है-बस। हमारे बचपन में भी कई बच्चों के सिर पर गोले बनते थे, कईयों के फूट भी जाते थे। पर मन को जितना आप उम्मीद की तरफ मोड़ना चाहोगे, उस पर लगने वाला विपत्ति -आकर्षण बढ़ता जाएगा। अगर कुछ गलत होने की हल्की सी भी गुंजाईश होती तो क्या नरुला फोन नहीं करता। संभवतया सिर्फ स्काल्प पर चोट होगी। यह सोचकर जब मैं लंबी सांस छोड़ता और सामने सड़क पर अपना ध्यान लगाता, मेरे साथ बैठा मेरा हितैषी बोल पड़ता, "मैं चलाऊँ साहब?" वो सिर्फ बोलता ही नहीं था, हवा में हाथ से हरकतें भी करता था, मानो स्टेयरिंग पकड़ लिया हो। जो उससे होने वाली चिढ़ कुछ मिनटों में कम होती थी तो मन का दूसरा पहलू जाग जाता था। क्या पता, नरुला ने सुमन को क्या बताया? अगर कुछ बहुत ही गंभीर भी होता तो क्या वो मुझे फोन करके गंभीरता बताएगा? वो भी रात में? अरे सबको पता है कि यहाँ से वहाँ जाना कुछ मिनटों का नहीं, कुछ घंटों का सफर है। इसीलिए खुद फोन ना कर सका होगा। मन उन काली संभावनाओं को भी छूना चाहता था जो

मैं सोचना भी नहीं चाहता था। क्षण भर मेरा दिमाग भटका और लगा कि सामने दिखना कम हो गया हो। मैंने कोने में गाड़ी रोक दी।

"तू चलाएगा?" गर्दन मोड़ कर देखा तो महाशय मुँह खोले, सो चुके थे। मुझे गुस्सा भी आया और हँसी भी। "यह तो चलाते-चलाते भी सो जाएगा।" मन में आया कि उठा दूँ, पर क्या फायदा। यह चला तो नहीं सकता था। मैंने गाना गुनगुनाते हुए दुबारा गाड़ी हाईवे पर दौड़ा दी।

घर जाकर चैन पड़ा कि खुशी ठीक थी। जब वो सुबह उठी तो काफी बड़ी दिखने लगी थी। दिमागी रुप से भी। पाँच साल की खुशी अब आगे की तरफ झुक कर भागने वाली बच्ची नहीं थी बल्कि दाएँ-बाएँ देख कर गली पार करने वाली बच्ची हो गई थी। मैं वहाँ तीन दिन रुका और इस दौरान नरुला से भी काफी बातें हुईं। परी भी प्ले-स्कूल में जा रही थी, अच्छा कर रही थी। नरुला भी अब निश्चिंत और व्यस्थ दोनो हो गया था।

"ये आदमी कहाँ से पकड़ लाए, बड़ा काम का है।" सुमन अब लेखराज के बारे में पूछ रही थी। लेखराज दिन भर इधर-उधर, कुछ-कुछ करना रहता था। पहली रात तो वो गाड़ी में ही सो गया। दूसरे दिन सुमन ने बाहर वाले कमरे में, जिसमें मैं पहले क्लीनिक चलाता

था, उसे जगह दे दी। "गिफ्ट हैं ऊपर वाले का।" मैंने हँस कर कहा।

"सच में गिफ्ट है ये। सब कुछ कर देता है। कल शाम मैंने कहा कि तेजपत्ता नहीं है तो महाशय दो किलोमीटर दूर, किसी घर से, तुम्हारे नाम पर तेजपत्ता मांग आए।" सुमन ने हँस कर कहा। मुझे समझ नहीं आया कि हँसू या गुस्सा करूँ। "ये, खुशी को भूत की कहानी सुनाता रहा और रात में आकर रो रहा था कि गाड़ी में सोने में डर लगता है। तो मैंने यहाँ, बाहर वाले कमरे में जगह बनाई।"

"तुमने बताया नहीं कि इसी बेड पर पाँच -छह लोग मर चुके हैं?" मैंने मुस्कुरा कर कहा। लेखराज ने कार चलाने में जो भूमिका निभायी थी, वो मैं बता चुका था। हम दोनो हँसते रहे। अचानक सुमन ने चेहरा गंभीर करके कहा- "परी बहुत गुस्सा करती है, नरुला भाई साहब शायद पूरा समय नहीं दे पाते उसे। नौकरानियों के भरोसे खाना मिल जाएगा, संस्कार थोड़े ही मिलेंगे।" मुझे भी ऐसा ही लगता था। कई बार लगता था कि अगर दूसरी माँ, सौतेली होगी और उसका अच्छा-बुरा होना किस्मत है, तो बिना माँ के भी, नौकरानियों की परवरिश का अच्छा या बुरा होना किस्मत ही है। या तो नरुला काम छोड़ कर घर बैठे, पर यह कहाँ संभव था। पर इन विचारों का कोई महत्व नहीं।

हम दोनो ही नरुला के शादी ना करने पर गर्व महसूस कर रहे थे।

"हाँ यह तो है।" मैंने धीरे से कहा, "क्या कर सकते हैं?" जवाब तो सुमन के पास भी नहीं था। थोड़ी देर में सहमति हुई कि किस्मत के आगे कुछ नहीं चलता। बाकी बड़ी होगी तो हॉस्टेल जाना उचित होगा।

"अरे खुशी कहाँ है?" अचानक मुझे लगा कि शाम ज्यादा हो गई और बिटिया नजर नहीं आ रही। "वहीं है, उस आम आदमी के पास। चलो नजारा दिखलाती हूँ।" सुमन मुस्कुरा कर चल पड़ी। दरवाजे के खुले हिस्से से अंदर का दृश्य देखा। लेखराज कमरे के कोने में उकड़ू बैठा कांपने का अभिनय कर रहा था। कभी हल्के से चिल्लाकर हथेलियों से चेहरे ढक लेता तो कभी गर्दन घूमा कर पीछे कर लेता। सामने खुशी उसे भूत की कहानी सुना रही थी। वो हवा में हाथ घुमा-घुमा कर माहौल को डरावना और कहानी को सच्ची बना रही थी। वो कभी एक कदम दाएँ जाती तो लेखराज चीखता और वो हँसती। फिर वो बाएँ जाती, फिर लेखराज चीखता और वो फिर हँस पड़ती। हँसी तो बच्चों की ही होती है, बेधड़क, बेबाक, बरसाती गंगा जैसी। हम तो मुस्कुराने के लिए भी सोचते हैं, मापदंड से जाँचते हैं। "पिछले एक घंटे से यही चल रहा है।" सुमन ने धीरे से कहा।

"मुझे तो पता ही है, यह स्पेशल गिफ्ट है।"

"यह आदमी बुरा नहीं है।" सुमन ने चाय का कप हाथ में पकड़े हुए घोषणा कर दी। लेखराज पर मेरी चिढ़ स्थिर थी। बढ़ी नहीं थी, पर घटाने की तरफ मैंने सोचा भी नहीं था। मैंने कंधे उचका कर सहमति दे दी, "होगा।"

"अच्छा आदमी है।" अच्छा होना और बुरा नहीं होना, एक समान गुण नहीं होते हैं। कोई बुरा नहीं है मतलब वो मापदंड पर शून्य पर भी हो सकता है। पर अच्छा होना तो ऊपर की तरफ का माप है। दो बातें अचानक दिमाग पर दस्तक दे गईं, एक कि लेखराज को मापदंड पर देखा गया जबकि मैं उसे इस लायक ही नहीं समझ रहा था। दूसरा कि उसने अच्छे नम्बर लाए यानि सुमन ने उसे मापदंड पर ऊपर कहीं स्थान दिया था। मैं तो ऐसा सोचता भी ना था। जब बैंगन खाने से परहेज हो, तो भरते का स्वाद क्यों जानें? "मतलब" मैंने मुस्कुरा कर पूछा।

"आदमी का सही चरित्र, अकेले में, बच्चों के साथ किए बर्ताव और अपने नौकरों के साथ किए शिष्टाचार से पता लगता है। ये आदमी, खुशी को अपनी बेटी की तरह मानता है, तुम्हें भाई की तरह और मुझे माता की तरह। इसके संस्कार प्रबल हैं।"

"मैं भाई और तुम माता? तुम फिर भी खुश हो।" मैं जोर से हँस पड़ा। कहीं ना कहीं यह गौरव भी था कि

जो लेखराज के लिए गढ़ा गया था, मुझसे भी संबंधित था। आखिर वो मेरे साथ ही तो आया था। "पर हमें क्या करना है उससे?"

"नहीं, मैं बस सोच रही थी कि तुम अगर कभी व्यस्त हो तो हमें लेने आ सकता है। यह भरोसे लायक है।"

"है, पर ड्राइवर खराब है। बताया तो था, ये रास्ते में सो गया था।"

नागालैंड का मेरा चक्कर तो दो -तीन साल और चलेगा। पैसे अच्छे मिल रहे थे, सिरदर्दी भी नहीं थी, इसीलिए मलाल भी नहीं था। ऐसा लगता था कि जब यह प्रोजेक्ट खत्म हो, तो ऐसा ही कुछ और मिल जाए। आम डॉक्टरी यानि मरीज देखने में सिरदर्दी थी, मन का चैन खत्म होता था। यहाँ काम बड़ा भी था और अच्छा भी।

"इसके परिवार में कौन-कौन है?" सुमन ने मेरी विचारों की तंद्रा तोड़ी।

"पता नहीं। कभी पूछा नहीं।" मैंने गर्दन हिला दिया।

"इतने दिनों से साथ हो, अपने नीचे काम करने वालों की थोड़ी हाल-खबर तो रखनी चाहिए ना।" सुमन ने घूरा मानो अभी कुछ देर पहले जो अच्छे पुरुष के लक्षण में दूसरा हिस्सा था, नौकरों से शिष्टाचार का, मैं

उसमें फेल हो गया हूँ। "ना उसने जिक्र छेड़ा, ना मैंने इस बाबत ध्यान दिया।"

"पता करना। अगर परिवार शुदा है तो और भी अच्छा है।" उसकी चाय खत्म हो गई और वो अंदर चली गई। खुशी भी सो रही थी, उसे उठाना था। वरना रात में वो जागती और परेशान करती। अंदर से ही उसकी आवाज आई, "लेखराज भैया, भैया बुला रहे हैं बाहर।"

लेखराज आंगन की तरफ नालियाँ ठीक कर रहा था। घर के पीछे आंगन में पानी की निकासी ठीक नहीं थी। लेखराज ने उसे ठीक करके पुदीना और धनिया लगाने का फैसला कर लिया था। वो पूरे दिन कुछ-कुछ करता रहता था। हाथ धोकर, गले में लटके गमछे से पोंछता हुआ वो सामने आकर खड़ा हो गया। "जी साहब जी।" अभी तो मैंने सवाल बनाए भी नहीं थे, सुमन ने उसे जल्दी भेज दिया था। मैंने उसे सामने वाली कुर्सी पर बैठने को कहा। "मैं ठीक हूँ मालिक।" उसने खड़े-खड़े ही जवाब दिया।

"तू तो ठीक ही है, पर परीक्षा मेरे शिष्टाचार की है भाई बैठ जा।" मैंने बुदबुदाते हुए कुर्सी आगे खिसका दी। "बीबी है तेरी?"

"हाँ मालिक।"

"साथ क्यों नहीं रखता? कहाँ है?"

"गाँव में है मालिक। उसके बापू हैं, बूढ़े बिचारे से। उसकी सेवा भी चाहिए ना।"

"और बच्चे?"

"वो नहीं हैं मालिक। कुछ बीमारी हो गई थी पहले बच्चेदानी में। अब इलाज पूरा हुआ है। फिर मैं तो यही हूँ।"

"तो कुछ दिन छुट्टी ले ले। भाई उम्र निकल जाएगी बीवी की, या हो सकता है बीवी ही निकल जाए हाथ से, फिर?" मैंने हँसते हुए कहा। कुछ महीनों में इस लेखराज के साथ शब्दों और बातों के एक बवंडर में झूल रहा था कि मुझे भी कटाक्ष करना आ गया था।

"अरे मालिक," लेखराज ऊपर के होंठ अजीब ढंग से अंदर मोड़ कर शर्माया, "चले जाएँगे। कुछ दिनों की तो बात है, हद से हद दो महिनों की। बापू पहले ही कंडम पड़े है। निकल ही लेंगे, फिर मुन्नी को यहीं ले आएँगे।"

"मुन्नी"..........यह सुनकर मुझे हँसी आ गई। नाम भी समाज, और पढ़ाई के हिसाब से बदलते रहते हैं। पहले मुन्नी नाम था, अब शहर में यह नाम कोई नहीं रखता, मधु पर आ गए हैं। उसी तरह आत्मराम, भारत, रामचन्द्र, मुरारी......सब अच्छे नाम बाहर हो गए। जय, राहुल, शिखर पर सुई घूम रही है। पर नाम से भी ज्यादा आश्चर्य उसके सकून पर हुआ, वो मुस्कुराते

हुए अपने ससुर जी की संभावित मृत्यु का बता रहा है। "ऐसे क्यों बोलता है?"

"सच ही है साहब, अब मान लो तो बुद्धु, ना मानो तो सयाने।" उसने मुस्कुराते हुए कहा।

"हाँ, तू सयाना तो बहुत है।" मैंने भी जवाब दिया।

मुझे नरुला के घर भी जाना था। औपचारिक धन्यवाद से ज्यादा उससे और परी से मिलने की तमन्ना थी। पता नहीं उस न्यूरो केमिकल सर्जरी ने क्या किया हो। फोन पर तो नरुला खुश ही था, पर सर्जन को अपनी गलती कभी पता नहीं चलती है। मैंने बाहर देखा तो अंधेरा होने लगा था, पर ठीक था। दिन में नरुला व्यस्त रहता है, और कल शायद मुझे कहीं घुमाने जाना पड़े। मेरे खड़े होते ही लेखराज भी खड़ा हो गया। "साहब, कहीं जा रहे हैं?"

"आता हूँ एक घंटे में।"

"मैं भी चलूँ?"

"क्यों? तू मेरी बीवी है जो साथ चिपकेगा।" मैंने हँसते हुए कहा।

"वो, दीदी और बिटिया तो कमरे में चले जाएँगे, बाहर हमको डर...."

"चल.........नरुला को तुझसे मिलवाता हूँ। थोड़ा कुछ तेरे दिमाग में भी डाल दे शायद।"

मैं और लेखराज नरुला के घर रात के आठ बजे पहुँचे। बिना बताए पहुँचे थे तो नरुला ज्यादा खुश हुआ। लेखराज बाहर ही, सीढ़ियों के पास बैठ गया। बाहर भी इतनी रौशनी थी कि उसे डर ना लगे। नरुला का घर अब थोड़ा अलग था। लॉन में बच्चों वाले झूले, स्लाइड थी, दीवारों पर कांटों के बाड़ लगे थे। घर तो उसका पहले भी आलिशान था, पर अब वो किला जैसा दिख रहा था। चारों तरफ सी॰सी॰टी॰वी॰ और दरवाजे में बोर्ड- "कुत्ते से सावधान।"

"तुमने कुत्ता पाल लिया?" मुझे पता था कि नरुला कुत्तों से चिढ़ता था। भूतकाल में जब भी कुत्ता पालने की बात होती थी, उसकी तरफ से प्रतिक्रिया तय थी- "नहीं।" कनिका के मायके में कुत्ते थे, आधे पले हुए। यानि खाते वहीं थे और दरवाजे पर पड़े रहते थे। कनिका यदा कदा कुत्ता पालने की दलीलें भी देती थी। जैसे कि "तुम तो व्यस्त हो, मेरा मन लग जाएगा।" "सुरक्षा भी होती है" "छोटा कुत्ता ले लो" वगैर-वगैर। मगर नरुला कभी नहीं डिगा। "कुत्ता बिना उपयोग का प्राणी है। अब वो शिकारी वाला जमाना रहा नहीं कि आए दिन जानवरों से कुत्ता रक्षा करेगा। फिर उसकी सेवा करनी होती है। टीके लगवाने, इलाज करवाना.......अरे इतने टंटे में तो आदमी पल जाता है। पालना है तो गाय पालो, दूध तो मिले।"

कनिका कई बार चिढ़ कर कहती, "या चूहे पाल लें। कम से कम तुम्हारे प्रयोगशाला के काम तो आएंगे।" ऐसे कठोर कुत्ता-विरोधी नरुला के घर पर बोर्ड पढ़कर मुस्कुराहट आ गई। "कब पाला?"

"कोई कुत्ता नहीं पाला भाई, बस बोर्ड पाला है।"

"मतलब?"

"अरे बोर्ड लगाया है ताकि लोग घुसे नहीं, सुरक्षा रहे। अब परी इधर पार्क में खेलती है और मैं काम में व्यस्त रहता हूँ। ऐसे में यह बोर्ड काम आता है।"

"पाल ही ले, बच्चे तो हिल-मिल जाते है कुत्ते से।"

"रहने दे। और बता खुशी कैसी है? छोटी चोट थी तो मैं क्या फोन करता, बस इसीलिए मैंने तुझे बताया नहीं।"

"ठीक है। परी?"

"अच्छी है।" नरुला ने कॉफी का कप उठाते हुए चारों तरफ नजर डाली। काफी देकर कामवाली परिचारिका अंदर जा रही थी। क्षण भर वो रुका और उसके नजर से ओझिल होने पर बोला, "केमिस्ट्री कमाल कर चीज है यार! तू परी से मिलेगा तो आश्चर्य में पड़ जाएगा। कहाँ पहले वो चिपकी रहती थी, बोलती नहीं थी। अब देख, कहानियाँ सुना रही है, कूदती रहती है।"

"वाह!" मैंने खुश होकर कहा।

"हाँ, अब प्ले-स्कूल भी जा रही है। सच कहूँ तो मेरा न्यूरो-सर्जन बनना अब सफल हुआ है। अरे वो ज्ञान किस काम का जो खुद के भी काम ना आए, जो आजाद सोचने की ताकत ना दे और जो रिस्क उठाने को मना करें? तू अंदर झांक, वो उसी कमरे में होगी।"

नरुला को संतुष्ट देखकर मुझे बहुत अच्छा लगा। मेरा दोस्त अगर इतनी मुसीबतों वाले वक्त को पार करके मुस्कुरा रहा है तो अच्छा ही है। मैं उठकर पर्दे की ओट में कमरे के अंदर झांकने लगा। परी बड़ी हो गई थी, वो फर्श पर बैठी थी, सामने उसकी आया बैठी थी। ढेर सारे खिलौने, किताबें, ब्लाक सब बिखरे थे। वो एक ब्लॉक को उठा कर एक गुड़िया के सिर पर फँसाना चाह रही थी। अगले ही पल वो उठी और सामने बैठी आया के बाल खींचे, "चल मेरे घोड़े।" आया हँस पड़ी, "बाल छोड़ दे परी, टूट जाएँगे।" पर परी की पकड़ मजबूत थी। इतनी कि आया खींचाव के रास्ते ही सिर ले गई। परी ने बाल छोड़कर फिर कूदना शुरु किया। वो बोल भी रही थी, आंटी-आंटी, और हर चीज को नाम से बता रही थी। देखकर मन को काफी शांति मिली। मैं वापिस सोफे पर आ गया।

"बहुत अच्छा लगा नीरु, मानो भगवान ने दर्शन दे दिए हों," मैं थोड़ी देर नरुला को देखता रहा, अलग ही है ये। अपनी बेटी को इसने ऑपरेट कर दिया, वो

भी नई चीज, जो प्रमाणित नहीं है, उसके लिए! इतनी हिम्मत और इतना दिमाग सिर्फ चमत्कारिक लोगों को ही मिल सकता है। नरुला जरुर कोई गिफ्टेड इंसान है या अवतार.........। खैर मेरा दोस्त है यही काफी है।

"तो अब तेरा क्या प्लान है?" नरुला ने बिस्किट का पैकेट खोल कर एक बिस्किट मेरी तरफ बढ़ाया।

"पता नहीं। मेरा कांट्रेक्ट खत्म होएगा तब सोचेंगे।"

"कब खत्म होगा?"

"खत्म तो हो चुका है, पर अभी छह महीने और काम करने की अनुमति मिली है।"

"तुझे अच्छा लग रहा है?"

"ठीक ही है। देख, जाना कम होता है, सब सिलसिलेवार हो चुका है। मरीज, मुझे वहाँ खुद देखने की जरुरत ही नहीं। और इधर क्लीनिक धीरे-धीरे जम ही जाएगी। एक साधारण, मानवीय डॉक्टर को इतना ही चाहिए। अब मुझे कौन सा नोबेल पुरस्कार लेना है?"

"नोबेल तो तुझे ही मिलेगा सूरे, ये जो जन कल्याण वाले काम हैं, इनकी अलग ही महत्ता है। हम तो एक ऑपरेशन करते है, तुम दसियों लोगों की मदद कर रहे हो। वैसे तुम्हे बता दूँ कि नागालैंड वाला प्रोजेक्ट अब अगले पाँच साल और बढ़ गया है। अगर तुम तैयार हो तो तुम्हें ही मिलेगा।"

मेरे लिए यह खुशी पूर्ण आश्चर्य था। आश्चर्य यह भी था कि मुझे पता नहीं पर नरुला को जानकारी पूरी थी। उत्तर-पूर्व के सातों राज्य में नरुला शायद सबसे उपयोगी और संसाधनवान प्राणी था। सरकारी, गैर-सरकारी, हर महकमें में उससे सलाह और मार्गदर्शन दोनो ही लिए जाते थे। शायद यह प्रोजेक्ट भी नरुला के मार्गदर्शन पर टिका हो। हम दोनो एक घंटे बातें करते रहे। वो बहुत कुछ बताता गया, अधिकतर चीजें परी के इर्द-गिर्द थी। मानो कनिका और नरुला मिलकर अगर परी को सौ प्रतिशत प्यार देते तो अकेले वो एक सौ दस प्रतिशत करना चाहता था।

वक्त की रफ्तार कल्पना से थोड़ी ही कम होती है, खासकर तब वक्त अच्छा चल रहा हो तो। मेरे अगले तीन साल कैसे निकले, पता ही नहीं चला। अगर एक चलचित्र बना कर प्रस्तूत किया जाए तो पृष्ठभूमि में संगीत के साथ, मेरा नागालैंड, घर और क्लीनिक, इस बीच का चक्कर दिखेगा। हाँ जो पल याद रह गए वो खुशी की गोल-गोल बातें थी। मैं जब भी नागालैंड से वापिस जाता, उसके लिए खिलौने, मिठाईयाँ ले जाता। वो सहृदय गोद में बैठकर खेलती, खाती और आँखें मटका मटका कर बातें सुनाती। सारी बातें स्कूल के इर्द-गिर्द। फिर खेलने को कहती और किरदार तय करती, "आप पिंटू नाम के बच्चे बनोगे, मैं मैम हूँ।" और पिंटू को डांट पड़ती। कभी वो दुकानदार बनती और मैं छोटा

बच्चा जो खिलौने के लिए शोर मचाएगा तो कभी वो बड़ी दीदी और मैं छोटा भाई। और अगर नकली में रोकर बोलो कि शिक्षिका ने डांटा तो वो चुप करवाती और समझाती भी थी, "चुप हो जाओ, मेरे प्यारे बच्चे। मैम क्यों डांटती है? तुम्हारे भले के लिए ना? मैम तुमसे कितना प्यार करती है, है ना?" और अपने नन्हें हाथों से मेरी शक्ल को अपने पेट से चिपका लेती। कभी कभी खेलते खेलते गालों पर प्यारा सा चुम्बन लेती और कहती दीदी आपको कितना प्यार करती है ना।" खुशी की एक समानान्तर दुनिया चल रही थी और वो मजेदार थी। मुझे भी जैसे ही मौका लगता, मैं गाड़ी घर की तरफ घुमा देता था। कभी अकेले तो अक्सर लेखराज के साथ।

नरुला से बातें, मुलाकातें होती रहती थी पर इस बार वो खुशी नहीं थी। मेरे आने पर उसने बिठा कर बताना शुरु किया। "सब ठीक है भाई, पर परी का स्कूल ही सिरदर्द दे रहा है। बचपन में अपने स्कूल ने सिरदर्द दिया, अब बच्चे का स्कूल खून पी रहा है।"

"क्या हो गया! ज्यादा होमवर्क है?"

"नहीं यार। पहले स्कूल में शिकायत आने लगी कि ये ध्यान नहीं देती! फिर स्कूल बदला, अब वाले की शिकायतें कम होने की जगह बढ़ गई हैं। परी पढ़ाई पर ध्यान नहीं दे रही और गुस्सा भी ज्यादा करती है।

इसने एक बच्चे पर डस्टर फेंका, उसका सिर फूट गया। पूछो मत, कैसे रायता समेटा मैंने।"

"पढ़ाई में दिक्कत होने पर बच्चे चिड़चिड़े हो जाते हैं। तुमने शिक्षक से बात की?"

"हाँ भाई! शिक्षक, शिक्षिका, प्रधानाचार्या, माई सबसे बात कर ली। उनका विवरण ही अजीब है। उनके हिसाब से परी कक्षा में ध्यान ही नहीं देती। जब शिक्षक कुछ लिखते हैं और सारे बच्चे उसकी नकल उतारते हैं, ये आड़ी-तिरछी लाईंने घिस आती है। खास करके गणित में। अब छोटी कक्षा में गणित है ही कितना? फिर भी, ये गिनती नहीं लिखना चाहती। हिंदी ठीक है, अंग्रेजी ठीक है, बस गणित फँस रहा है। बस इतना काफी है सिरदर्द के लिए।"

"तू व्यर्थ चिंता करता है नीरु! कोई ऐसा बच्चा देखा जो दसवीं में हो और गिनती नहीं आती हो? समय के साथ सारे फल पकते हैं। मुझे तो अपना बचपन भी ऐसा ही याद आता है। पहाड़े पर मुर्गा बनता हुआ।"

पर नरुला ज्यादा व्यथित था। "भाई, मैं भी ऐसा ही सोच रहा था पर बच्चा अगर रोकर स्कूल जाए और स्कूल में भी रिपोर्ट खराब हो तो मन खराब तो होता ही है। फिर लगभग तीन महीने हो गए। ऐसी कोई उम्मीद की किरण नहीं दिखती। रोज उठते ही रोती है, अनुजा ऑंटी, जो उसकी आया है, उससे लड़ती है। रोते रोते

स्कूल जाती है और रोते-रोते आती है। घर पर ठीक है। हठी तो है पर इतनी नहीं कि चिंता हो।" बच्चे की चिंता सबसे बड़ी चिंता होती है। बच्चे में आदमी अपना दूसरा जीवन देखता है। वो उसे अपने हिसाब से सही करना चाहता है, दिशा देना चाहता है। बच्चे की परेशानी पर आदमी को अपना भविष्य और वर्तमान, दोनो ही हारे हुए लगते हैं, और वो दो गुणा परेशान हो जाता है। ऐसे में नरुला क्या, कोई भी इन सब संकरी-तंग गलियों में ही मन भटकाएगा और सिर पटकेगा।

मैंने नरुला को समझाते हुए कहा, "समय दे नीरु। हर चीज का ऊपर वाले ने हिसाब बना रखा है। समय से ही हल होगा, सोचने से नहीं।" नरुला ने गंभीर होकर हाँ में सिर हिलाया। वो उठ कर कमरे में झांकने लगा। पर्दा लगा था, अंदर परी का कमरा था। कुछ क्षण बाद उसने इशारे से मुझे बुलाया। मैं उठकर वहाँ चला गया। पर्दे से सिर अंदर डालकर देखा तो परी सो रही थी। उसकी आया वहीं थी, बैठी हुई। कमरे में कई खिलौने इधर-उधर विखरे हुए थे। आड़े-तिरझे गिरे पड़े खिलौने पर शांति लपेटे परी। मैंने मुस्कुरा दिया। नरुला ने मुझसे धीरे से कहा, "किसी दिमागी समस्या का कोई लक्षण तो नहीं......"

मेरा दिल धक्क से चीख उठा, लगा मानो छत से नीचे गिर रहे हों, कार का ब्रेक फेल हो गया हो या पानी

में डूब रहे हों। मैं चुपचाप पीछे आकर सोफे पर बैठ गया। नरुला भी वापिस आकर बैठ गया।

"सूरे, क्या बताऊँ? कहीं यह किसी और दिमागी दिक्कत का लक्षण तो नहीं? मैंने पढ़ा था कि सिन्ड्रोम में ऑटिज्म् आता है। बस, डर गया।"

कुछ मिनटों की खामोशी में मैंने अपने दिमाग और दिल दोनो को टटोला। बीमारी.......हो सकती है। पर इतनी बुरी किस्मत मेरे दोस्त की ही क्यों होगी। ऊपरवाला क्या खाली, हिसाब की किताब लेकर नरुला के लिए ही बैठा है?

"मैं सोच कर बताता हूँ। ऐसा सीधा-सीधा तो कुछ समझ नहीं आ रहा।" मैंने गंभीरता से कहा।

आगे के दस मिनट तो औपचारिक ही थे। मैं वहाँ से घर आया तो सिर में खलबली थी। अजीब सी अनुभूति, मानो पाप हो गया हो। मन भरा जा रहा था। सुमन भी खुशी के साथ ही खेल रही थी और वहीं सो गई। मैं परेशान सा घूमता रहा, कभी छत पर तो कभी कमरे में। फिर कागज-कलम उठाए, वो चीजें लिखने लगा जो परी में अलग थी। गुस्सा, पढ़ाई में दिक्कत...........पर और गहरा जानने की जरूरत थी। मैं न्यूरोलॉजिस्ट था, ऑटिज्म् न्यूरोलॉजी से ज्यादा मनोविज्ञान का विषय है। मैंने कागज पर वो प्रश्नावली बनानी शुरु की, जो जानकारी करनी थी। शब्दों के दिक्कत, शब्द की चयन

की दिक्कत, बोलने की रफ्तार, बोलने का मतलब, बोलने में दिक्कत, वाक्य रचना में दिक्कत..........हर पहलू इतनी गहराई रखता है कि यह मनोवैज्ञानिक के लिए ही संभव था। पर मुझे पता था, नरुला मनोवैज्ञानिक के पास नहीं जाना चाहेगा। एक बार, जब शुरु में ऑटिज्म् की बीमारी पता चली थी तब भी नरुला अड़ा रहा था। "किसको ठीक होते देखा तुमने बात-चीत से? अरे मनोवैज्ञानिक के हिसाब से तो हम दोनो भी बीमार ही होंगे, मैं हायपर और तू डिप्रेस! भाई जब तक बीमारी, दवाई लायक ना हो या दवाई बीमारी के हिसाब की ना हो, मनोवैज्ञानिक से मिलना और मौसी से मिलना बराबर ही है।" ऐसा नहीं था कि वो मनोविज्ञान विषय को कमतर आंकता था, पर उसकी नजर में दौरा बीमारी थी लेकिन फोबिया नहीं।

मेरा एक मित्र दिल्ली में जनरल फिजीसियन था। उसके पास जब भी कोई मरीज आता और साथ में दो या ज्यादा रिश्तेदार, वो समझ जाता था कि ये लोग मुफ्त सलाह वाले हैं। सामान्य था कि मरीज को दिखलाने के बाद रिश्तेदार बाजू आगे कर दें "बेटा, मेरा भी बी पी देख दे, कमजोरी सी रहती है।" या "डॉक्टर साहब, मेरे भी कमर में दर्द रहता है, एक गोली लिख दो।" पहले वो गुस्सा हो जाता था! बहस करता पूछता, "आप क्या करते हो"? और फिर जवाब देता। अगर कोई दुकानदार होता तो उसका जवाब होता था, "आप

क्या घी के साथ तेल फ्री दे दोगे? या आटा गूंथ दोगे?" कोई शिक्षक होता तो वो कहता "ट्यूशन में दो लोग फालतू, मुफ्त में बिठाते हो क्या?" पर फिर वो बदल गया। वो बोलता था, "चिल्लाने से सिर में दर्द होता था। किसी और की गलती और बदतमीजी पर अपना सिरदर्द क्यों करूँ। सिर दर्द तो देने की चीज है, लेने की नहीं।" अब जब भी कोई हाथ आगे करता है, वो तसल्ली से बी॰पी॰ देखता, फिर आँखों के नीचे की चमड़ी नीचे करके आँखें देखता और कहता, "थोड़ा बी॰पी॰ में समस्या है। बी॰पी॰ मशीन खरीद लो और सुबह, दोपहर, शाम और रात दो बजे नापो। उसको कागज पर तारीख, समय के साथ लिख लो। मुझे तीन दिन में दिखलाना। और अगर कमजोरी ऐसी ही रहे तो जरुर जल्दी आना।" फिर वो दो दवाईयाँ लिखकर भेज देता। वो भी यही मानता था, ढूंढने से तो राम मिल जाते हैं बीमारी तो फिर भी सामान्य है। नरुला की सोच भी ऐसी ही थी। मनोवैज्ञानिक की नजर में हर बच्चा आटिस्टिक है और हर महिला स्ट्रेस में है।

रात दो बजे तक जाग कर मैंने लम्बी प्रश्नावली बना ली और फिर सो गया। अगले दिन नरुला से बात हुई तो वो कुछ कम परेशान था। सुबह परी ठीक ठाक दिख रही थी, गुस्सा भी कम था। मैंने उससे पूछा कि अगर वो चाहे तो एक प्रश्नावली है, जो ऑटिज्म् को बेहतर परिभाषित कर सकती है। पर उसने बता दिया कि अभी

जरूरत नहीं है। मेरे मन में भी शांति फैल गयी। स्कूल जाने के शुरूआती महीनों में कई परेशानियाँ होती है, जो अजीब प्रतिक्रिया पैदा करती है, पर ऑटिज्म् नहीं होती।

शाम होते-होते नागालैंड से भी फोन आ गया और अगले दिन ही मैं, लेखराज के साथ वापिस नागालैंड चला गया। खुशी गुस्सा थी और सुमन नाराज, कहाँ हम कहीं घूमने जाने की सोच रहे थे, कहाँ मैं काम पर आ गया। "कितने दिन लगेंगे इस बार?" सुमन ने फोन पर पूछा, "तुम तो कह रहे थे कि अब घर से काम देख सकते हो? लेखराज के प्रभाव में बीबी बच्चे छोड़ तो नहीं दिए!" सुमन की मीठी नाराजगी हमेशा कटाक्ष पूर्ण ही होती थी। पर अब घर लौट जाने की उत्सुकता मेरे मन में भी बराबर तेज थी। परिवार, बीबी और बच्चे के साथ, मानो अपनी परिधि में आ गए हो। "चार या पाँच दिन, शायद......."

"चार-पाँच और उसके बाद भी शायद? हफ्ता ही सोच लो।"

"हो सकता है। बिना काम के पैसे नहीं मिलते हैं मैडम।"

"हाँ, पर हमारी छुट्टी का क्या?"

"आकर चलते हैं कहीं।"

"देख लेना। खुशी ने कपड़े तह कर लिए हैं।" सुमन ने हँस कर कहा। उसे पता था कि बेटी के नाम पर वादाखिलाफी नहीं होगी। मैं खुद भी कहीं जाना चाहता था।

मैं फोन रख कर इसी बारे में सोचने लगा। ऐसी जगह, जो अलग भी हो और ज्यादा खर्चा भी ना हो। मैं मन से कंजूस हूँ। हर चीज में नहीं, पर होटल में रूकने पर तो जरूर। एक रात सोने के बारह सौ दें या बारह हजार, यह सवाल मुझे हमेशा बेकार लगता रहा। मोबाइल पर जगहों का चयन करना मुझे सही समय व्यतीत करने वाला काम लगता था। मसूरी, गोवा, मद्रास....... सब जगहों को छानता मैं चुपचाप कुर्सी पर सिर पीछे करके लेट गया।

"साहब, सिर दबा दूँ।" लेखराज की आवाज ने आँखें खोलने को विवश कर दिया। "नहीं भाई। वैसे ही आराम कर रहा हूँ।" मैंने दुबारा आँखें बंद कर ली। पर मेरे मना करने का उस पर कोई असर नहीं हुआ। उसने हल्के हाथों से सिर की मालिश शुरू कर दी। बालों के जड़ो में उसके भारी अंगुलियाँ हल्के दबाव से हिल रही थी। ऐसा लगा मानो सिर पर जमी राख हट रही हो। मैंने बिना आँखें खोले ही कहा, "तुमने पूछा था या बताया था?"

"पूछा ही था साहब, पर आपका तनाव तो दिख रहा था ना।"

"हाँ भाई, तनाव तो रहता ही है। कहीं छुट्टी पर जाने का मन है। वही जगह देख रहा था।"

"मकड़ोड़ चलोगे साहब?"

"ये क्या है?"

"बगल में गाँव हैं। अच्छी जगह है। पुआल पर सोएंगे, बकरी का दूध पिएंगे और गैया चराएंगे। खेत है, पोखर है, खरगोश है, चिड़ियाँ है, सब है वहाँ। शाम में हुक्का....।"

"अबे, तेरे साथ नहीं, बीबी-बच्चों के साथ जाना है। हुक्का पिला रहा है तू यहाँ! पैदल चले जाएं घूमने? तू सही है लेखराज, क्या उपाय दे रहा है। बगल में गाँव, गाँव में बकरी।" मैंने हँसते हुए कहा।

"पोखर......।"

"चुप हो जा भाई। सोचने दे मुझे।"

घंटे-दो घंटे बाद पांडिचेरी पर मन माना। ना भीड़, ना खर्चा, समुद्र-दर्शन भी हो जाएगा। नागालैंड के सात दिन तो यूँ ही बीत गए। सरकार वहाँ के किसी वार्षिक समारोह से पहले स्वास्थ्य सुविधाओं में काफी परिवर्तन चाहती थी। मेले में मेडिकल कैंप भी हो, रेफरल सिस्टम हो, गाँव-गाँव में क्रमवार डॉक्टरों की तैनाती हो.....। मैं न्यूरोलॉजी से परे, पब्लिक हैल्थ में उपयोग किया जा रहा था। मेरे लिए भी यह अनोखा अनुभव था। पहले

तो मन में आया कि मना कर दूँ। कह दूँ कि मेरा काम सिर्फ न्यूरो संबंधित ही है, पर फिर नरूला की बात याद आयी। "सरकारी तंत्र का उपयोग करो, तुम सीधा प्रसिद्ध हो जाओगे। तेरे जैसा दिमागी आदमी उनको मिलना नहीं। उनको तुम चाहिए, बदले में तुम्हें पैसा, इज्जत, नाम सब मिलेगा। सूरे, महफिल है वहाँ, लूट ले।" बात भी सही थी। नागालैंड में सचिव स्तर के लोग हर हफ्ते मिलते और सलाह लेते थे। कभी-कभी नेताओं से भी पाला पड़ता। मैं उनके लिए स्वास्थ्य सुधार का प्रणेता था और मुझे अच्छा भी लग रहा था। इन्हीं वजहों से मैंने हाँ कर दिया था। बस, जो एक हफ्ते का प्रवास था, वो तीन हफ्तों तक खींच गया। तीन हफ्तों में दिल से घूमने का ख्याल भी निकल गया। पर सुमन और खुशी परेशान थे। "आपने एक हफ्ता कहा था।" सुमन ने नाराजगी जताई, "आप तो व्यस्त ही रहेंगे। एक काम सही होगा, दूसरा आ जाएगा। हमारी छुट्टी का क्या?"

मेरे पास जवाब नहीं था। वार्षिक समारोह में अपनी एक महीना था। जिस रफ्तार से सरकार की इच्छाएं थी और काम था, मेरा वहाँ से निकल पाना संभव नहीं लग रहा था। "तुम लोग यहीं आ जाओ। छुट्टी है ही, साथ भी हो जाएगा।" मानो सुमन इसी निमंत्रण का इन्तजार कर रही थी। वो और खुशी दोनों ही तैयार बैठे थे। "कल गाड़ी करके निकलते है फिर?"

"खुद आ जाओगे या लेखराज को भेजूँ।"

"भेज दो, साथ रहेगा तो अच्छा ही है। सामान भी होगा और खुशी भी।"

यही उस सरकारी मेहमाननवाजी की खासियत थी। लेखराज के लिए काम सिर्फ मेरा बताया काम था। सी एम ओ ने एक गाड़ी भी भेज दी। अगले दिन, शाम में खुशी और सुमन, नागालैंड में, मेरी जिंदगी हरी करने आ गए थे।

परिवार के साथ एहसास अलग ही होता है। जब भी काम बढ़ता मैं सुमन को कहता था कि अब काम ज्यादा है, मैं क्वाटर में रहूंगा। पर जब भी अकेले रहना होता, ना काम में मन लगता, ना रहने में। फिर इस दुविधा ने मुझे समझाया कि मैं क्या चाहता हूँ। सुमन और खुशी रहे। थोड़ी दूर पर इतनी ही की नजर आ जाएं, उनकी हँसने-खेलने की आवाजें आती रहे। परिवार पूरे होने पर मेरी कार्यशैली भी ऊर्जावान हो गई। काम के लिए कहीं जाना भी होता तो दोनों को हाथ हिलाकर घर से निकलने में ही रस था।

दो दिनों के लिए मेरा दिन पूरा व्यस्थ था। नए स्वास्थ्य केन्द्र पर सारे मेडिकल-अफसरों की सभा थी। सचिव भी आ रहे थे। मैं सुबह ही घोषणा करता हुआ निकला था कि आज का दिन काम का दिन है, व्यस्त दिन है। शाम में देर होगी। शाम में ही फोन करूँगा।

दिन भर की दिमागी कसरत के बाद जब देर शाम घर पहुँचा तो घर पर शान्ति और खुशहाली थी। यह अजीब था। अमूमन जब मैं देर से पहुँचता था तो , खुशी और सुमन, दोनों की शिकायत रहती थी, पर आज वो खुश थे।

"पापा, आप कल फिर देर से आएंगे?" खुशी ने खुश होते हुए पुछा। वो खुश होती तो हिलती रहती थी, दाएँ-बाएँ, खिलखिलाहट भरी आवाज और आँखों में चमक! हर शब्द के साथ सिर्फ होंठ ही नहीं हिलते, हाथ, कमर और सिर, सब हिलते थे। पूछने के बाद वो फिर खिलखिला उठी।

"क्या हो गया?" मैंने कौतूहल से पूछा, "मेरे पीछे क्या गुल खिला रहे हो, दोनों?"

"कुछ नहीं। हम भी व्यस्त रहने की कोशिश करते है।" सुमन ने भी हँस कर कहा।

"व्यस्त? और वो कैसे?"

"गौरी के साथ, चीकू के साथ, छोटी के साथ" खुशी कूद-कूद कर बताने लगी।

"ये सब कौन है?" मुझे लगा कि खुशी के खिलौने होंगे।

पर तभी लेखराज ने आवाज दी, "साहब जी, हम बताते हैं।" लेखराज को देखकर याद आया कि लोग

कहते थे कि दाँत मत निपोरो, वह दृश्य ऐसा ही होता होगा। मुस्कराता हुआ लेखराज अपने निचले होंठ को ऊपरी दाँतों से दबा कर, आँखो में चमक लिए, मेरे इशारे का इंतजार कर रहा था। मैंने लम्बी सांस छोड़ कर कहा, "तू ही बता दे भाई।"

"मकड़ोड.... वो गाँव बताया था ना मैंने? हम दीदी और बिटिया को वहीं ले गये थे। गाँव की मिट्टी, हवा, गैया, बत्तख, खरगोश, यही सब देखकर बिटिया चंचल हो रही है।"

उसके आगे की कहानी खुशी ने शुरू कर दी। कैसे गौरी नाम की बछिया उसको देखकर सिर हिल रही थी। कि उसने खरगोश को घास खिलाई और उसका नाम रखा-चीकू। मछलियाँ, तितलियाँ और खटिया, लोटा..... सब अपने तरीके से वो बताती रही। आधे घंटे में मानो सारी थकान छू हो गई हो। "हमने एक लोकल साग भी खाया।" सुमन भी बात-चीत के जाल में घुस गई।

"जरूर खाया होगा। मतलब मैं अकेला ही था जो काम कर रहा था। लेखराज तक ऐश कर रहा था, मकड़ोड में।" मैंने हँसते हुए कहा, "परसों से मैं भी खाली हूँ। मेरे साथ भी चलना गाँव।"

खुशी चीख उठी, "ये।"

"और हाँ, ऐसे घूम-घूम के खाया मत करो अकेले-अकेले। यहाँ लोग कुत्ते भी खा जाते हैं क्या पता,

सोयाबिन समझ के कुत्ता-बीन चबा लो।" मैंने हँसते हुए कहा। खुशी "वै" करते हुए पेट पकड़ कर हँसी।

मकड़ोड गाँव एक कस्बा ही था। लगभग बीस घर होंगे, कुछ पक्के छत वाले तो कुछ मिट्टी के दीवार और खपड़े के छत वाले। दो दिनों के बाद मेरे पास पूरे दो दिनों की छुट्टी थी तो मैं भी लेखराज के साथ, खुशी और सुमन को लेकर गाँव आ गया था। वहाँ एक झोपड़े में रूकने का इंतजाम किया गया था। झोपड़ी छोटी, दो कमरो की थी, एक में दो खाट डाली गई थी, दूसरे कमरे-नुमा हिस्से में चुल्हा, स्टोर सब था। झोपड़ी से दस कदम दूर शौचालय की झोपड़ी थी। दीवारें ईंट की, पर मिट्टी से लीपी हुई, फर्श भी गेरूआ, मिट्टी से लीपा हुआ। छत तो खपड़ेल की थी। बीच से ऊपर उठी और चारों तरफ ढलकती छत। अंदर से खपड़ा लकड़ी यही दिख रहे थे। घर के सामने एक बगीचा था जो प्राकृतिक ढंग से फैला था। गेंदा, गुलाब, बैगन, टमाटर, मिर्च, जिसको जहाँ जगह मिली और जो पौधा, जिसके साथ चिपकना चाहा, उस तरफ बढ़ गया। घर के मालिक ने जो भी थोड़ी-बहुत छेड़-छाड़ की थी, वो ईंट और खपड़ेल के टुकड़े से रास्ता बनाने की ही थी। दाहिने ओर केले के पौधे का झुंड भी था और उसके पीछे बड़ा सा पोखर। हल्के हरे रंग का पानी और उसमें फुदकती मछलियाँ। ध्यान से देखने पर हर दस सेकेण्ड में एक मछली हवा में कलाबाजियाँ खाने कूदती और

फिर पानी में घुस जाती। पोखर काफी बड़ा था, दो-तीन बीघे में फैला। उसके चारों तरफ हरियाली थी, बस तीन जगहों पर छोटा-घाट जैसा बना था, जिसके रास्ते पानी में उतरा जाए। आठ बत्तखें पोखर में एक सिरे से दूसरे सिरे तक तैर रही थीं। वो भी हर दस सेकेण्ड में आवाज निकालती और पानी के अंदर गोता लगा देती। बाईं तरफ उस घर वाले के पशु थे। तीन गायें और तीन-चार बकरियाँ। एक छोटी बछिया भी थी, शायद गोरी। एक कुत्ता भी वहीं बैठा था, आलसी बनकर। हम लोग नए थे फिर भी उसने उठकर भौंकने और सूंघने से ज्यादा अपने अनुभव पर भरोसा किया था। सब देखकर मेरे मुँह से यही निकला, "यहाँ तो पूरा ईकोसिस्टम है।"

मकान का मालिक, "जोरबा" स्वास्थ्य विभाग का ही कर्मचारी था। घर के लोग साथ नहीं थे, वो खुशी-खुशी एक दिन के लिए मेजबान बन गया। "हम आपको अपने हाथों का खाना खिलाएंगे सरजी।" जोरबा खुश होकर बोला। पर घर की हालत तो खाली ही थी। "नहीं-नहीं। गाड़ी है ही, हम लोग नजदीक कही ढाबे में खा लेंगे।" मैंने मुस्कराकर मना किया। गरीब का बड़प्पन था, पर हमें तो सोचना ही चाहिए। पर सुमन ने टोका, "यहीं खाते है ना, भैया के हाथों से सही स्वाद आयेगा।" मैंने जवाब नहीं दिया, पर मन में हिसाब लगा लिया, "ठीक है, जाते समय हजार रूपये दे दूँगा, खुश हो जाएगा और उसका फायदा भी हो जाएगा।"

खुशी लेखराज के साथ गोरी के पास पहुँच गयी। नजर के सामने थी तो मैं और सुमन वहीं चटाई बिछा कर बैठ गए। पानी से टकराकर हवा ठंडी हो रही थी। "यह जगह स्वर्ग है।" सुमन ने कहा।

"हाँ, जहाँ इंसानी विकास नहीं पहुँचता है, वो जगह अच्छी ही लगती है। पर जिंदगी कठिन है।"

"अपना-अपना नजरिया और लालच है।" सुमन मुस्कुरायी।

"झोपड़ी देखी उसकी? स्टोर खाली, छत कच्ची और चारदीवारी भी नहीं। बरसात, जानवरों का हमला, सर्दी, हर चीज जोरबा को डराती होगी।"

"पता नहीं।" सुमन फिर मुस्कराई। "वो एडजस्टेड होगा। ऐसा सोचो कि बीच दिल्ली में यह होटल है, जो हमें प्राकृतिक झोपड़े और स्वीमिंग पुल की सुविधा दे रहा है। फिर देखो, यह सेवन स्टार प्रोपर्टी लगेगी। इतनी हरियाली, नमी और प्राकृतिक आवाजें, मानो आत्मा हरी हो जाए।"

"वो तो है।" मैंने कहा और हम फिर से खुशी की ओर देखने लगे। लेखराज उसे एक-एक करके पत्ता दे रहा था और वो पत्ते को आगे करती तो गोरी पत्ता मुँह से पकड़ लेती। उसी समय खुशी पत्ता छोड़ हाथ से गोरी का सिर सहलाती। फिर गोरी सिर हिलाती और खुशी खिलखिलाकर हँसती। यही क्रम कई बार चल चुका था।

ना गोरी थकी, ना खुशी और ना ही लेखराज। "खरगोश भी था ना?" मुझे घर पर बतायी कहानी याद आई।

"वो दूसरे के घर में है। शाम में वहाँ भी चल लेंगे।" सुमन ने कहा।

"तुम लोग सही घूम चुके हो। अब देखो खाने में क्या खिलाता है ये।"

दोपहर का खाना लजीज था। जोरबा ने चावल, चावल के माड़ को छौंका लगा कर कुछ कढ़ी जैसा बनाया और बैंगन, टमाटर का भरता बनाया था। साथ में काला नमक और हरी मिर्ची रखी थी। देखकर चाहे सादा लगे पर वह खाना शरीर में ऐसे घुला मानो पानी में रंग। मैंने मन ही मन उसको हजार की जगह दो हजार रूपये देने का सोच लिया। शाम में फिर वही क्रम शुरू हुआ। अब खुशी और लेखराज कुत्ते के साथ खेल रहे थे और जोरबा ने पेड़ से टायर बांधकर एक झूला भी लगा रखा था, खुशी बीच-बीच में झूलने भी जा रही थी। मैं सुमन के साथ पोखर के किनारे बैठा था। चुपचाप बैठने में भी सकून था। तभी फोन बजा। हाथ मिट्टी से थोड़े गीले थे, पर उठाकर स्पीकर पर लगाया। "सूरे, जल्दी आ जा। कुछ जरूरी काम है।"

"क्या हुआ भाई।"

"ठीक सा ही है, पर मुझे जरूरत है तेरी। परी का कुछ गरला है।"

"क्या हुआ परी को? मैं आता हूँ कल शाम तक। क्या हुआ परी ठीक तो है?"

"कुछ नहीं हुआ। पर तू आ जा भाई।" नरूला का फोन कटा तो सुमन से नजर मिली। चिंता हम दोनो के ऊपर बराबर थी। मैंने बिना कुछ बोले ही पूछा-"अब?" और सुमन ने बिना बोले ही बता दिया- "ठीक है, जाना चाहिए"

"कल सुबह निकल जाता हूँ।"

"देख लो। आज भी निकल सकते हो। परी की जरूरत है, पता नहीं क्या दिक्कत हुई है। हम सब घर चल लेते हैं, तुम लेखराज भैया के साथ निकल लो। रात में पहुँच जाना।"

घबराहट तो मुझे भी थी ही, पर यहाँ का कार्यक्रम बर्बाद करके नरूला के पास जाने की जल्दी प्रकट करने में झिझक रहा था। एक तो इतनी मुश्किल से साथ घूमने का संयोग बना था, ऊपर से अगर मेरी इच्छा कि मैं अभी जाना चाहता हूँ, जाहिर हो गई, तब तो गलत हो जाता। पर सुमन को छठी इंद्री का वरदान था। अक्सर वो सामने वाले की मनोदशा समझ लेती थी। हम लोग तत्काल ही वापिस चल पड़े। घर आकर मैंने सुमन और खुशी को यही छोड़ा, क्योंकि अभी छुट्टी खत्म नहीं हुई थी और शाम चार बजे मैं और लेखराज गुवहाटी की तरफ निकल पड़े।

अध्याय - 4

सुबह-सुबह नरूला के साथ बैठकर चाय पीते हुए मुझे अजीब लग रहा था। मैं जिस जल्दी में चला था और सुमन ने जिस जल्दबाजी से मुझे भेजा था, नरूला में वो जल्दबाजी नहीं दिख रही थी। वो आराम से चाय पी रहा था, रस्क भी तसल्ली से खा रहा था। "कुछ बता दे? परी कहाँ है?" जब बात कुछ मिनटों तक शुरू ही नहीं हुई तो मैंने पूछा।

"सो रही है।"

"सो रही है? तुमने कहा कि जरूरी है, जल्दी आ।" मैंने हँसते हुए कहा।

"बैठ जा सूरे, लम्बी बात है। जरूरी ही था।"

मैं फिर से कुर्सी पर पीठ टिकाकर बैठ गया।

"उस दिन तुम्हारे जाने के बाद, मुझे लगा कि परी ठीक हो गई है। उसने उठकर कपड़े समेटे, खुद ब्रश किया और बिना चिल्लाए नाश्ता भी किया। स्कूल जाने का भी कोई संघर्ष नहीं हुआ। मुझे लगा कि ऊपर वाले ने मुझ पर दया कर दी है। पर शाम में भ्रम टूट गया। परी ने स्कूल में एक बच्चे को सीढ़ी से धक्का दे दिया। बच्चे का सिर फूट गया और परी एक हफ्ते के लिए स्कूल से बाहर। परी की अक्रामकता बढ़ रही है। स्कूल में वो तीन बार घर भेजी गई। यहाँ पर जो भी टूटे शीशे है, उसकी बदौलत ही हैं। उसने दाई को भी थप्पड़ मार दिया। एक टीवी तोड़ चुकी है। हम लोग तो चलो परेशान हैं ही, पर वो खुद भी परेशान है। चुपचाप रोने लगती है, सुबकने लगती है। बता क्या करूँ?"

"कोई स्कूल की लड़ाई.... या शिक्षक ने मारा हो?" मैंने सोचना शुरू कर दिया था। "सारी परेशानी एक छोटे ट्रिगर से हो सकती है। स्कूल में पूछा क्या?"

"सेरोटोनिन मेरे भाई" नरूला ने धीरे से कहा।

दो सेकेंड में शब्द दिमाग में उतरे और मानो फूट गए हो। कहीं नरूला परी के दिमाग का कैमिकल अनालाईसिस तो नहीं कर रहा? सेरोटोनिन की कमी डिप्रेशन, गुस्सा, असहजता ला सकती है। दिमाग में एसीटाईल को इंजाईम और सेरोटोनिन का द्वंद रहता है। घटा हुआ सेरोटोनिन या बढ़ा हुआ एसिटाईल को

एन्जाइम इस तरह के लक्षण प्रस्तुत कर सकते थे। दिमाग को आगे सोचने से रोकते हुए मैंने पूछा, "भाई, क्या चल रहा है, सीधे शब्दों में बता दे?"

नरूला का चेहरा भाव हीन था। उसने हाथ में पकड़ा कॉफी का कप नीचे रखा और खड़ा हो गया। मैं भी उसके साथ ही खड़ा हो गया। "बुरा मत मानना सूरे पर अपनी औलाद अपनी होती है। तू मेरा दोस्त है पर परी का बाप थोड़े ही है। उस दिन मैंने तुझे फोन पर कहा कि अब परी ठीक है और तू मान गया। तू बाप नहीं है ना, पर मैं खुद ही नहीं मान पाया कि सब ठीक है। फिर स्कूल की दिक्कतें और इशारा करती रही। पिछले दो हफ्तों में मैंने काफी दिमाग लगाया, अध्ययन किया और निष्कर्ष यही निकला। यही कि जो चीज हमने डाली थी, उससे एसिटाईल कोलिन बढ़ गया पर सेरोटोनिन की तुलनात्मक कमी हो गई। शायद परी के दिमाग को उस कम स्तर के एनिटाइल कोलिन की आदत थी।" नरूला रूका तो मैं बोल पड़ा, "भाई, सब ठीक है पर ये चिप "हमनें" नहीं, "तुमने" डाली थी। मेरी तो तब भी रजामंदी नहीं थी। भगवान ने सबके लिए दुनिया और दुनिया का हिसाब बनाया है। क्यों भगवान बनना?"

"तुमसे शिकायत नहीं सूरे, पर मैं भगवान नहीं, बाप हूँ ना। दिमाग है, दिल भी है। दिल परी का सोच

-सोच कर रो रहा था तो दिमाग ने सहारा दे दिया। बस, यह सीधी व्याख्या है। चिप मैंने डाली और मै खुश हूँ भाई। बेटी अब चिपकती नहीं, आजाद है। स्कूल में रोती नहीं और पढ़ाई में ठीक है। एक बाप को इतना ही चाहिए।"

मैंने नरूला के कंधे पर हाथ रखा। आदमी के लिए दोस्त का कंधे पर हाथ रखना, बड़ा सहारा होता है। "पर हुआ क्या नीरू? हम एक तार जोड़ आए, दूसरा टूट गया। वो सर्किट अभी हमारे मतलब का नहीं है। इसीलिए अभी उसकी अनुमति नहीं है। अब क्या करें बता?"

"क्या करें?" नरूला मुस्कराया, "भाई दुखड़ा रोने तुझे थोड़े ना बुलाया है। तू नार्थ-ईस्ट का सबसे बड़ा न्यूरोलाजिस्ट है। सर्किट के समाधान का डॉक्टर.....। तू समाधान बता।"

समाधान?? यहाँ तो समस्या भी अधिकार क्षेत्र से बाहर की थी। मेरी जानकारी में समाधान कुछ भी नहीं था। "या तो चिप निकाल दें, या कॉउंसलर की मदद ले। अच्छे साइकियाट्रिस्ट से मदद मिलेगी जरूर। या फिर इंतजार कर कि चिप खुद ही खत्म हो जाए, कुछ सालों में।"

नरूला ने जेब से कागज निकाला और सामने कुर्सी पर बैठने का इशारा करता हुआ, खुद एक कुर्सी पर बैठ

गया। कागज सामने टेबल पर फैल गया। उसमें कुछ लिखा हुआ था। उसने जेब से कलम निकाल कर कागज पर घुमाया, "सूरे, ध्यान से सुन। अभी हमारे दिमाग में 0.006 माइक्रोग्राम सेरोटोनिन है जो एसिटाईल कोलिन 0.00073 माइक्रोग्राम को नियंत्रित कर रहा है। अब हम सोचें कि परी के दिमाग में हमारी चिप 0.0004 माइक्रोलीटर एसिटाइल कोलिन का लेबल बना रही है और कुछ अपना भी होगा। उसने कागज पर लिखे फर्मुले और तीर के निशान को समझााने की कोशिश की। "फंक्सनल एम आर आई से अगर ग्राफ देखे तो परी के दिमाग में सेरोटोनिन 0.0009 माइक्रोग्राम के घनत्व पर है। अगर हम 0.005 माइक्रोग्राम सेरोटोनिन वहाँ पहुँचा सके तो?"

मैंने भवें ऊँची की।

"हाँ सूरे, सस्टेंड रिलीज माइक्रोवेल एंड सेरोटोनिन स्पाँज की चिप!"

मैं स्तब्ध रह गया। ये वही सोच रहा था, जो मैं जानबूझ कर भी नहीं सोचता चाह रहा। दूध का जला छांछ भी फूक कर पीता है, पर ये तो दुबारा दूध पर ही जोर आजमाईश करना चाह रहा था। ऐसा लगा मानो किसी ने नाक पर ईथर भरा रूमाल रख दिया हो, दिल धड़क रहा है, साँसे अलग दिशा में चलना चाह रही है।

"सूरे, दूसरी छोटी सी, माईनर सर्जरी। अब क्या है ना कि हम दोनों भी तो इस क्षेत्र-विशेष में नए ही है। एक ही सर्जरी पुराने। तो थोड़ी बहुत खामी तो रह ही जाती है। दूसरी सर्जरी में उसे हटा देंगे।"

मैंने दो बार लम्बी सांस ली तो धड़कन नियंत्रित हुई। "हम दोनों नहीं नीरू, ये सब तलवार बाजी तुम अकेले ही कर रहे हो।"

"अरे, भाई मैं तुझे अलग मानता ही नहीं। परी तेरी भी तो बेटी है ना।"

"काश होती। अगर मेरी बेटी होती तो मैं तुझे यह कभी नहीं करने देता। प्रकृति से छेड़छाड़, भगवान से छेड़छाड़, बिना विज्ञान के छेड़छाड़....।"

"अरे क्या छेड़छाड़ भाई।" नरूला ने आवाज में थोड़ी नाराजगी लाई, "मैंने छेड़छाड़ किया? अरे ये प्रकृति का छेड़छाड़ है- ऑटिस्टिक बनाना। ये भगवान ने छेड़छाड़ किया है.....। मैं तो छेड़छाड़ ठीक करना चाहता हूँ। और वो भी पूरे विज्ञान के हिसाब से। कौन सा काला-धागा बांध रहा हूँ या नींबू काट के मंत्र पढ़ रहा हूँ। घंटो किताबों से ज्ञान लेकर, सैकड़ो हाइपोथिसिस दिमाग से मना करके, फिर एक निष्कर्ष निकाला और तुम इसे वैज्ञानिक निष्कर्ष भी नहीं मानना चाहते। सूरे, यही खबर एनल्स ऑफ न्यूरोलॉजी में किसी डॉ पैट्रिक के सर्जरी की छपती तो तुम खुश होकर कहते- क्या तर्क

है, क्या विज्ञान है। भाई, सच्चाई यही है कि तुम मुझे घर की मुर्गी मानते हो और सोचते हो कि मैं री-सर्च कर सकता हूँ, नया कुछ बना ही नहीं सकता।" नरूला की दलील में गुस्से से ज्यादा दर्द था। दर्द तो निहायत ही निजी भाव होता है, हर किसी का अपना। पर वो झलक रहा था। मैंने उसके चुप होने का इंतजार किया। जब उसने बात खत्म की, तब मैंने धीरे से कहा, "मुझे तुम्हारी चिंता है नीरू।"

नरूला ने गहरी साँस छोड़ी ।

"सच में" मैंने आगे कहा, "तू मेरा भाई है, दोस्त है, गुरू है और गुरूर भी है। मैं तेरी फ्रिक करता हूँ। मैं चाहता हूँ कि तू जीते, जिंदगी में हर जंग जीते पर यह नहीं चाहता कि तू हर जंग लड़े या हमेशा लड़ता ही रहे। विज्ञान जन हित में है, स्वयं हित में नहीं। तुम जो सर्जरी करना चाह रहे हो, क्या वो किसी और पर करोगे? मेरे भाई, तुम महान हो, पर उसकी कीमत अपने बच्चे से मत लो।"

नरूला चुपचाप बैठा रहा। दो मिनट शांति रही फिर उसने कहा, "यह विज्ञान को मेरा तोहफा समझ लेना। अगर परी ठीक हो गई तो अच्छा तोहफा और अगर मैं परी में असफल हो गया तो........ विदाई-तोहफा। यह तो मैं करूँगा ही सूरे। तू खड़ा रहेगा तो साथ रहेगा।

डॉ. नरूला को साथ नहीं चाहिए, परी के बाप के साथ खड़ा हो जा। प्लीज।" नरूला ने हाथ जोड़कर कहा।

मेरे सारे तर्क यूँ उड़ गए, मानो तूफान में बादल। ऐसा लगा जैसे दिमाग का एक हिस्सा दूसरे पर टूट पड़ा हो, "क्या कर रहा है? नरूला तेरा इतना अच्छा दोस्त है, उसकी मदद से हाथ खींच रहा है? और तुमने कौन सी सर्जरी करनी है, खड़ा ही तो रहना है। जो ऐसा खड़ा रहना गलत है तो फिर जेल में लोगो का मिलने जाना भी पाप है, लक्ष्मण जी का रावण से मिलने जाना भी पाप था....." दिमाग के पीछे दिल भी खड़ा था, दूसरा हिस्सा चुप हो गया। "तुम्हारे साथ हूँ मैं हमेशा।" मैंने नरूला के जुड़े हाथ पकड़ कर कहा। उसके चेहरे पर मुस्कुराहट सूरज की किरणों की तरह फैल गई।

"ओ हो, ब्रदर इन क्राईम....चल फिर कॉफी खत्म कर जल्दी।"

"कहाँ?"

"ओटी"

"ओटी? अभी?"

"अरे सूरे, मुझे पता था तू मान जाएगा और तेरा समय कीमती भी है। तैयार करके रखा है सब। चल-चल खड़ा हो।"

मेरे पूरे समझने से पहले ही हम लोग परी को सोते हुए लेकर नरूला के हॉस्पीटल में पहुँच गये। फाईल बनी "सिर पर चोट की" और नरूला ने लिखा, "एस्ट्राड्युरल हिमेटोमा-नीड अरजेंट सर्जरी।" ना वहाँ कोई नरूला को पूछेगा ना कुछ अलग सोचेगा। नरूला ही वहाँ का डायरेक्टर, अभिनेता, विलेन सब था। मैं चुपचाप नरूला के पीछे-पीछे हाथ बीटाडीन से धोने लगा। परी की सर्जरी आधे घंटे भी नहीं चली। नरूला के हाथ आपरेंटिग माइक्रोस्कोप पर जादूगर की तरह चलते रहे। इस बार सर्जरी और भी साफ, और भी छोटी थी। चार मिलीमीटर की सिलिकॉन चिप सब समेटे थी, स्पाँज भी और वेल भी। नरूला अंगुलियाँ चलाता रहा और गुनगुनाता रहा। पता नहीं क्या? मेरा पूरा ध्यान परी पर लगे मॉनिटर पर था और नजर उस पर चल रहे दिल की धड़कन की रफ्तार को हर क्षण देख रही थी। अचानक नरूला की आवाज आयी तो ध्यान उस पर गया। "जब परी तीन साल की थी, तब वो गाना सीख रही थी। टीवी पर जब भी ये गाना आता, वो हिलना शुरू हो जाती। मेरा नाम चिन चिन चू.......। कभी वो शब्द गा नहीं पायी पर उसकी खुशी साफ दिखती थी। मैं वही गुनगुना रहा था। क्या पता, बेहोशी में बेटी खुश हो जाए।" मैंने जबाब नहीं दिया पर दिल में लगा मानो ठंढा चाकू उतर गया हो। उफः कितना कष्ट है दुनिया में! क्या बीत रही होगी इस पर, दिल में क्या चल रहा होगा? कहीं ना कहीं

एक डर भी छिपा हुआ होगा जो बीच-बीच में झांकता होगा कि अगर परी ठीक ना हुई तो? कि अगर गड़बड़ी हो और जान जाने का........। पर नरूला के हाथ इस शिकन से कांप नहीं रहे थे। वो अब आप्रेशन खत्म कर रहा था। ऐसा लगा कि सामने हरिश्चंद्र खड़े हैं। जो अपने बेटे के संस्कार के भी पैसे बिना हाथ हिले, मांग सकते थे।

कितना सच छिपाया जाये? पत्नी ना सिर्फ अर्धांगिनी होती है, बल्कि उसके पास पति के दिमाग में चल रहे हलचल को महसूस करने की अद्भुत क्षमता भी होती है। मैं अगर सुमन को काम करते समय गुनगुनाता देखूँ, तो मेरी प्रथम समझ यही होगी कि वो खुश है पर अगर सुमन मुझे गुनगुनाता देखे तो उसके पास पूरा डिफरेंसियल डायगनोसिस का ढ़ांचा है। बोनस मिला, पुराना मित्र मिला, मैंने कुछ बताया नहीं है तो कोई पुरानी महिला मित्र मिली हो, या तनाव हो, दुख हो, चिंता हो। और इन सबके पीछे भी एक जांच परिक्षण का हिसाब है। अगर गुनगुनाते हुए आवाज के साथ शरीर भी हिल रहा हो तो दुख, चिंता वाला रास्ता भी बंद हो जाता है, बचते है बोनस, दोस्त का मिलना या तनाव। अब अगर मैंने कहा है कि कुछ खरीदना है या कहीं चलना है या खुशी के भविष्य की प्लानिंग की बातें की, तो बोनस मिला होगा। अगर ज्यादा बात नहीं की तो महिला मित्र या तनाव होगा। फिर सुमन पूछेगी, "तुम्हें याद है, शायद मैंने बताया होगा कि शिखर मिला था, मेरे स्कूल के समय का दोस्त। परिवार के साथ आसाम घूम रहा था....." और यह एक कनफेशन का मौका होता है कि मैं भी उगल दूँ कि मुझे कौन मिली? अगर मैं चुप रहा और उसकी पुरानी दोस्ती के बातों में ना घुसा तो बचता है तनाव। फिर वो कॉफी लेकर बोलेगी- चलो बैठते है। और चुपचाप बैठी रहेगी। वो चुप्पी बार-बार

मुझे हिलाती रहेगी कि बोलो क्या मसला है। इतने क्रम और प्रयोजन के बाद सीधा पूछने का नम्बर आएगा। इसी तरह कई अल्गोरिद्म बने हुए है जो पत्नी को तह तक ले जाते है। फिर चाहे आप गुनगुनाएं या दो कप कॉफी पी ले या देर से नहाएं। हर चीज की वजह पड़ताल की जाएगी। ऐसे में सुमन से नरूला के कारनामें या इस बार की सर्जरी कैसे छुपेगी। और छुपाना एक बोझ है, जो सिर पर नहीं रहता कि लोग देखे या मदद करें, वो तो दिल पर पड़ा होता है। जब शाम तक मेरे भरसक सामान्य रहने की कोशिश के बाद भी सुमन दो कॉफी लेकर आ गई, मुझे लगा कि अब समय आ गया है। उसके आग्रह पर हम दोनों कुर्सी लगाकर बैठ गए और सामने हरियाली देखने लगे। "आप कुछ बताना चाहते हैं?" सुमन ने पूछा।

"हाँ, मुझे बात करनी तो है। जब तुम खाली हो।" मैं थोड़ी चतुराई तो सीख चुका था। यह रंगे हाथो पकड़े जाने से पहले का आखिरी मौका होता है। इससे आपकी साख, प्यार और सम्मान तीनों बच सकते हैं। ज्यादा कोशिश से चीजें छिपती नहीं, आकर्षण का केन्द्र बन सकती हैं।

"अरे, मैं तो खाली ही हूँ। बताओ क्या हुआ?" सुमन का चेहरा क्षणिक ,खुशी से चमक गया।

"नरूला कुछ अजीब सर्जरी कर रहा था। उसी के प्रयोजन से मुझे बुला रहा था। उसे मेरी सलाह…….। या सच कहूँ तो सलाह से ज्यादा साथ चाहिए था।"

"तो?"

मैंने लम्बी सांस ली, "वो परी की सर्जरी कर रहा था।"

"परी को क्या हो गया?" सुमन चौंकी।

"ऑटिज्म् के लिए कुछ करेक्टिव सर्जरी। ऐसा किताबों में नहीं लिखा है, इसीलिए मुझसे सलाह मांग रहा था।"

सुमन यहाँ उलझ गई। किताबों में नहीं लिखा है -का मतलब या मेडिकल एथिक्स, गाइडलाईन समझना उसके हिस्से का काम नहीं था। "तो सर्जरी हो गई?"

"वो जादूगर है। परी भी ठीक है।"

"फिर तुम किस तनाव में हो?"

मैंने जवाब नहीं दिया। कॉफी खत्म की, शब्दों के बीच से उपयुक्त शब्दों को ढूंढ कर फिर कहा, "ऐसी सर्जरी किसी भी रास्ते जा सकती है। फायदा हो तो अच्छा है पर नुकसान, जान जाने तक का खतरा भी रहता है। इसीलिए नई तरीके का सर्जरी नहीं करनी चाहिए। पर नरूला का अपना लॉजिक है। हर चीज कभी

तो नयी थी ही। फिर उसे ऑटिज्म् पच नहीं रहा। यही सबसे बड़ी समस्या है।"

सुमन ने भवें ऊँची की, "नरूला भैया सीधा परी पर ही ट्राई कर रहे हैं?"

"हाँ। हालाँकि उसने कुछ-कुछ चूहों पर, खरगोश पर कर रखा है, पर वो भी गैर-कानूनी है। भारत में क्या कहीं भी, आप बिना इजाजत इस तरह से चूहों या किसी पर भी अन्वेषण नहीं कर सकते। फिर चूहों के प्रयोग से इंसान के उपयोग तक का सफर दस-बीस साल का होता है।"

"पर दस-बीस साल में तो परी का आटिज्म उसे शेप कर देगा।"

"बस, यही नरूला की दलील है। वो कुछ अजीब न्यूरोकेमिकल सर्जरी कर रहा था। मेरा कोई काम नहीं था, बस यूँ समझो कि मैं दोस्त, भाई, राजदार बन कर खड़ा रहा।"

"और कॉफी लोगे?" सुमन ने दो मिनट की शांति के बाद पूछा।

"नहीं। रहने दो। पता है मुझे तनाव इसका नहीं कि वो क्यों कर रहा है, पर इसका है कि वो क्या कर रहा है। मेरा अपना मानना है कि जो चीज अभी विज्ञान ने स्वीकार नहीं किया, उसकी वजह होगी। अगर कल दिन

परी को उस सर्जरी से कुछ हो जाए? फिर नरुला क्या करेगा? जो अभी परी का ऑटिज्म् नहीं झेल पा रहा, वो सर्जरी के नुकसान हो कैसे झेलेगा? फिर ऑटिज्म् में आप दुखी हो, बच्चा तो अपने तरीके से ठीक ही है। उसके लिए वो सामान्य है। अब तुम्हीं सोचो, अगर पूर्वजों को पूँछ थी तो उसका फायदा ही था। एक फालतू हाथ। हमें नहीं है, पर हम बिना पूँछ के सामान्य ही तो महसूस करते हैं। हाँ बंदर ऐसा सोच सकता है कि हम सब अपंग हैं, पूँछ-विहिन है। उसी तरह परी को कमी का अहसास हो तब तो वो दुखी हो, पर अगर वो सब नार्मल-इंटेलिजेंस के साथ खुश है, तो वो सामान्य ही है। ऑटिज्म् तो नरुला की बीमारी है, इलाज वो परी का कर रहा है। स्वीकार करना हारना नहीं होता है बस इतनी सी बात है। पर वो इसको तैयार ही नहीं।"

"मैं बात करूँ क्या?" सुमन ने धीरे से पूछा।

"नहीं-नहीं। वो इस बात, सर्जरी और इससे संबंधित बातें गुप्त रखना चाहता है। बिल्कुल नहीं। उससे जिक्र भी मत करना कि मैंने तुम्हें सर्जरी के बारे में बताया है। वो इस मामले में कमजोर है।"

"ठीक है। मुझे वैसे भी ना वो समझ आता है ना उसका और तुम्हारा विज्ञान।" सुमन संतुष्ट होकर उठकर चली गई। सामने हल्का अंधेरा छाने लगा था। खुशी भी अपनी गेंद उठाए वापिस आ रही थी। मुझे अच्छा लगा

कि मैंने अपने दिल का बोझ उतार दिया। दूर हरी-काली परछाईयों में शांति नजर आ रही थी। सुमन कॉफी का कप लेने वापिस आई तो मैंने उसका हाथ पकड़ लिया। "अगर, मान लो कि मेरा एक्सीडेंट हो जाए और मेरा दिमाग हिल जाए तो तुम क्या करोगी?"

"पागल हो क्या?"

"नहीं, पर अगर हो गया तो?"

"उसी दिन के लिए तो शादी की है।" वो मुस्कुरा कर मुड़ गई। "दूसरा विचार भी है, नरुला भैया को फोन करूँगी।"

नागालैंड की स्वास्थ्य व्यवस्था पर सरकार और मेरे प्रयास का असर दिखने लगा था। जो लोग स्वास्थ्य केन्द्र पर पहुँच रहे थे या जो उसके द्वारा भेजे जा रहे थे, दोनो की संख्या बढ़ गई थी। पूरे प्रदेश में तीस स्वास्थ्य केन्द्रों का आधुनिकी करण हो रहा था। आशा वर्कर्स और स्वास्थ्य सहयोगी कैडर तैयार हो रहे थे। सरकार का लक्ष्य साफ था- हर 1000 की जनसंख्या पर एक स्वास्थ्य सहयोगी या आशा वर्कर होनी चाहिए। एक क्लीनिक होना चाहिए जहाँ से फोन से प्राथमिक उपचार देकर मरीज को सरकारी वाहन में जिला अस्पताल भेजा जा सके। मेरी सलाह थी कि सरपंच या प्रमुख को भी स्वास्थ्य विभाग में जोड़ा जाए। गाड़ी इंतजाम करना, दवाईयाँ बांटना या इलाज के दौरान परिवार का ख्याल रखना उसके जिम्मे छोड़ा जाना चाहिए। जब हम किसी को दूसरी जगह इलाज के लिए भेजते हैं तो हमें तो यही कहना होता है कि रेफर कर दो, पर परिवार के लिए यह मुश्किल फैसला होता है। पीछे घर पर बच्चे हैं, उनको कौन देखेगा, खाना कौन बनाएगा, पैसे कहाँ से आएँगे। हजार वजह होती है जो घर को एक यूनिट की तरह बांध कर रखती है, वही हजार कारण बनकर खड़ी हो जाती है। ग्राम-प्रमुख की जिम्मेदारी इस सामाजिक त्रासदी में होनी चाहिए। वो गाँव के लोगों को निर्धारित कर दे, सुरक्षा, खाना, पैसा, भाग-दौड़, सबके लिए। मेरी सलाह तीन गांवो में पायलट-प्रोजेक्ट की तरह चलाई गई और

अच्छा असर महसूस भी हुआ। और विकास प्रयास से ज्यादा सोच पर टिकता है। एक बार हवा चल पड़े, फिर तो सुधार, सुझाव और परिणाम पके फल की तरह आने लगते हैं। एक गांव ने तीन युवाओं को स्वास्थ्य प्रहरी बना दिया, जो हर बीमार के साथ अस्पताल जाने और उसे वापिस लाने तक का काम करते थे। गांव में भाई-चारा होता है पर दबा हुआ। प्रमुख ने हवा दी तो ऊपर की स्वार्थ-सतह हट गई। अब मुझे नागालैंड में मजा आने लगा था। पेड़ के सींचने का कष्ट जैसे फल देखकर खत्म हो जाता है, मुझे भी फल दिखने लगा था। सुमन और खुशी तो आते-जाते रहे और समय मानो पंख लगा कर उड़ गया। तीन साल और नागालैंड में ही निकल गए। खुशी भी आठ साल की हो गई और मेरा गुवहाटी का क्लीनिक उतना ही चल पाया, जितना पहले चल रहा था। मैं पंद्रह दिन या महीने में एक दिन गुवहाटी आता तो क्या क्लीनिक चलना था? खैर मुझे नागालैंड में अच्छे रूपये मिल रहे थे तो चिंता भी नहीं थी। पर अब नागालैंड छोड़ने का वक्त था। सारे प्रोजेक्ट पूरे हो गए थे और सात बार एक्सटेंशन लेकर मैं भी थक चुका था। इस बार भी एक्सटेंशन के लिए आग्रह आया था और मैंने नरूला से पूछा भी था। उसका जवाब मेरे काम आता था।

"हर चीज की एक उम्र होती है। जैसे फल है, हर दिन बढ़ता है, पकने की तरफ परिवर्तित होता है, पर

एक सीमा तक। फिर वो ज्यादा पक कर सूखने लगता है। यही क्रम लगभग हर जगह है। अभी तू पका हुआ रसीला आम है। टूट कर वापिस आ जा तो इज्जत बढ़ेगी, नए प्रोजेक्ट भी मिलेंगे। वहीं लटका रहेगा तो सड़ जाएगा, सूख जाएगा। बहुत सेवा हो गई, वापिस आ जा।"

अध्याय - 5

मेरे लिए नरूला सबसे ज्यादा होशियार इंसान था। मैंने बिना समय गवाए, अपने जाने की घोषणा कर दी। इन तीन सालों में, आखिरी आप्रेशन के बाद, मेरी नरूला से हर तीन-चार महीनों में बात हो ही जाती थी। पर बातों में वो बात नहीं रही जो पहले होती थी। ना शिकायतें, ना चुगलियाँ, बस हाल-चाल और समझदार बातें। पहले उसकी बातें मजाकिया होती थी अब मतलब तक सीमित। और यह परिवर्तन इतना धीरे हुआ कि कब हुआ, बताना मुश्किल था। मुझे लगता है कि उम्र के साथ बचपन चला ही जाता है। मेरा तो बहुत पहले ही चला गया था, नरूला अब गंभीर होने लगा था। परी को लेकर भी वो ज्यादा नहीं बताता था। दूसरे आप्रेशन के बाद जब मेरी बात हुई थी तब वो खुश था। परी का गुस्सा कम हो गया था। उसने हँसकर कहा था,

“अब सामान नहीं टूटते हैं ना सिर फूटता है। देखा सूरे, दिमाग का सर्किट कैसे ठीक होता है।” फिर परी ने स्कूल जाना भी शुरू कर दिया था। उसके बाद मैं भी व्यस्त रहा और हर तीन-चार महीनों में होने वाली बातों में परी के लिए जगह कम होती गयी। “परी कैसी है-ठीक है?” का सवाल जवाब के साथ ही जाता था और नरूला “हाँ-हाँ” कह कर मुद्दा बंद कर देता था। मुझे खुशी थी कि परी भी ठीक हो गई और अब मैं वापिस गुवाहाटी पहुँच जाऊँगा। रोज शाम दोस्त के साथ गप्पें हो और थोड़ा-बहुत काम हो, यही तो अधेड़ उम्र का सपना होता है। नरूला ने भी काम कम कर दिया था। अब वो पहले जैसे रात-दिन आप्रेशन नहीं करता था। मैं भी सिर्फ अपनी क्लीनिक पर ध्यान दूँगा। मेरे जाने से लेखराज ही दुखी था, बाकि सब नजदीकी लोग खुश थे। वो कहता था- “आप अच्छे हो साहब, पता नहीं अगला कैसा होगा? मेरे हाथ का स्वाद पसंद करेगा कि नहीं?”

घर भी एक जिंदा सदस्य जैसा होता है। काफी दिनों बाद मिलो तो दीवारें मुस्कराती हैं, खिड़कियाँ शरमाती हैं, छत चमक उठता है और दरवाजे आगे बढ़कर गले लगा लेते है। आप भी हर चीज को छूकर प्यार महसूस करते हो। मेरा गुवाहाटी वापिस आना ऐसा ही अनुभव था। ऐसा लगा मानो घर मुझे सुमन और खुशी से ज्यादा शिद्दत से तलाश रहा था। दो तीन दिनों तक तो मैं घर में ही जगह बदल कर बैठा रहा, बाहर जाने

का मन ही नहीं किया। पर चौथे दिन मुझे सुमन ने ही टोक दिया, "कम से कम नरूला भैया से तो मिल लो।" मन में तो मेरे भी नरूला से मिलने की इच्छा थी, पर वक्त हमेशा इच्छाओं पर झीनी परत चढ़ाता रहता है। सुमन के टोकने से वो परत हट गई और मैं अपने प्यारे दोस्त के घर शाम में पहुँच गया। घर का ढांचा थोड़ा अलग लगा। दीवारें वही थी पर जहाँ पहले रंग-रोगन से चमकती रहती थी, अब उन पर भी उम्र की दरारें और सूखापन दिख रहा था। सामने बगीचे में अब बच्चे के लिए स्लाईड नहीं दिखी। एक झूला था, वो भी मोड़ कर ऊपर लटका हुआ। घास भी ढंग से नहीं कटी हुई थी। फूल के पौधे भी कहीं सूखे तो कहीं मायूस, मानो अपने सूखे हुए साथियों पर दुख मना रहे हो। मैंने पहुँचने से पहले नरूला को फोन कर दिया था। वो घर के बाहर सीढ़ियों पर बैठा था। अब तक बाहर का बुढ़ापा देखकर मेरा मन थोड़ा उदास-सा था पर नरूला को देखकर दिल बैठ गया। आधे बाल सफेद हो चुके थे या होने की कोशिश में थे। हमेशा दाढ़ी बनाने वाला नरूला दो-तीन सेंटीमीटर की खिचड़ी दाढ़ी में था। चेहरे पर चमक उतनी ही थी जितने में आँख की जगह आँख पता लग जाए। कपड़े सामान्य और मुझे देखकर भाई की मुस्कराहट और भी सामान्य। "अरे भाई, ये क्या हाल कर रखा है? शेयर डूब गए क्या?"

नरूला ने जवाब में अपनी मुस्कराहट को थोड़ा और खींचा फिर आगे बढकर गले लगा लिया, "सूरे, मैंने तुझे बहुत याद किया मेरे भाई। कितना अच्छा लग रहा है तुझे देखकर!"

"याद किया तो बुला लेता मेरे भाई।" मैंने हँस कर कहा। हम दोनों घर के अंदर आ गए। जो बैठक घर था, वो भी उतना जीवंत नहीं दिख रहा था, जितना पिछली बार था। पानी लाने वाली सेविका भी नई थी। "पुरानी वाली आंटी कहाँ गई?"

"वक्त के साथ बदलाव होता ही है भाई।" नरूला ने मुस्कुरा कर कहा। खैर यह विषय उतना जरूरी भी नहीं था। नरूला ने सेविका को कहा, "परी को भेजना।" हम दोनों अपनी-अपनी बातों में लग गये। मैं नरूला को नागालैंड के बारे में बताता रहा। उस काम में नरूला की मदद थी, उसको बार-बार याद भी दिलाता रहा। बातें जनसंख्या से मौसम, हरियाली, सी एम, लेखराज सब पर नजर डालती हुई विस्तार में व्याख्यान होती रही। नरूला भी मन लगाकर सुन रहा था। दो घंटे कब हो गए पता ही नहीं चला। हमारे आगे खाने की थाली भी लग गई थी। अब नरूला के बोलने की बारी थी पर उसका विवरण संक्षिस था, "मैं तो अब कम ही काम करता हूँ। हफ्ते में एक या दो सर्जरी, बस। कई बार वो भी नहीं। दो नए न्यूरोसर्जन आ चुके हैं, वो ही देखते हैं। मन ही नहीं करता अस्पताल जाने का।"

"अरे, तू तो सुपरमैन हुआ करता था!" मैंने आश्चर्य से पूछा।

"वक्त भाई.......। जिंदगी का चार सौ मीटर का ट्रैक है। तेज दौड़ेंगे तो जल्दी खत्म हो जाएगा।" पहले भी नरूला ने अपना काम घटा ही दिया था। परी की तबीयत और उसकी जरूरत.... "एक मिनट! परी कहाँ है?" अचानक मेरे दिमाग में दस्तक हुई। सबसे जरूरी काम तो मैं भूल ही रहा था। मेरी जेब में एक घड़ी थी जो सुमन ने परी के लिए दी थी। नरूला ने तो शाम में ही सेविका को परी को लाने के लिए कहा था, पर वो आई ही नहीं।

"मैं लेकर आता हूँ परी को।" नरूला ने उठते हुए कहा।

मैंने सामने रखे अखबार पर सरसरी निगाहें डालनी शुरू की। लगभग दस मिनट, जो कि घर के हिसाब से ज्यादा था, बाद में नरूला और परी सामने आ गए। परी बड़ी हो गई थी। लम्बी, पतली, छोटे बाल, टी-शर्ट और जींस पहने। उसकी आँखे बिल्कुल कनिका जैसी लगी। नरूला पहले कहता था कि "कनिका की आँखे बंगाली आँखें है।" चेहरा संशय पूर्ण था। नरूला ने दोनों हाथो से परी के कंधे पकड़े और कहा, "बेटा, ये तुम्हारा चाचा हैं। नमस्ते करो।"

परी ने लगभग आधे मिनट के मौन के बाद हाथ जोड़कर कहा, "नमस्ते" और फिर झटक कर नरूला का हाथ अपने कंधे से अलग कर दिया। "आपको पहले भी कहा है दूर रहें। कृपया मत छुएं।"

नरूला ने कुछ जवाब नहीं दिया पर आँखें फेर ली। वो पल इतना अजीब था कि मुझे समझ नहीं आया कि क्या प्रतिक्रिया दूँ। "आप मेरे लिए कुछ लाए हैं, वो मुझे दे दीजिए" परी ने बहुत ही रूखी भाषा में कहा।

"हाँ......" मैंने जेब से वो डब्बा निकाला जिसमें घड़ी थी। "तुम्हारी चाची ने पसन्द की है। उम्मीद है तुमको......।" मेरे बात पूरी होने से पहले ही परी घड़ी लेकर पीछे मुड़ चुकी थी। बहुत ही विषम परिस्थितियों में कुछ मिनट खड़े रहकर मैं और नरूला, दोनों ही बैठ गए। कुछ बात शुरू होती, उससे पहले ही परी वापिस आई और घड़ी सामने टेबल पर रख गई। "मेरे पास यह चीज है, मेरे लिए बेकार है।" और वापिस चली गई। उस जगह का सन्नाटा और भी गहरा हो गया। नरूला सिर्फ नीचे टेबल ही देख रहा था, आँखें गीली और ओंठ बंद, इस कदर चिपके कि मानो खुले तो भावनाएँ संभालना मुश्किल हो जाएगा। मैंने मन में तेज गति से सोचा कि मेरा क्या फर्ज है? क्या करूँ? क्या करना चाहिए? मैंने हाथ बढ़ाकर घड़ी उठा ली और पेंट की जेब में सरका दिया। फिर उठकर नरूला के कंधे पर हाथ रखकर बोला,

"भाई, आजा बाहर। एक चक्कर काट कर आते हैं शहर का।"

नरूला चुपचाप उठकर मेरे साथ चल पड़ा। वक़्त का चक्र था। अगर कोई मुझसे पूछता कि दो दोस्त इस अवस्था में हैं जिसमें हम दोनो थे तो मैं यही कहता था कि नरूला मुझे लेकर बाहर जायेगा। पर वो समाधान पुरुष, महान नरूला चुपचाप मेरे जैसे दब्बू आदमी के पीछे पीछे बाहर आ गया। मैंने गाड़ी में बैठकर पूछा, "जा सकते हैं ना बाहर?"

"चलो।" नरूला ने संक्षिप्त जवाब दिया। कार बढ़ी तो उसका घर पीछे छूटता गया। जब नजर से ओझिल हो गया, तब नरूला ने बोलना शुरू किया। "सूरे, मेरे दादा कर्नल रिटायर हुए थे। उनके तीन लड़के थे और एक लड़की। मेरे पिताजी सबसे छोटे थे। बड़े ताऊजी मेरे पिताजी से सोलह साल बड़े थे। दादाजी का एक ही सपना था, बेटा उनसे बड़ा फौजी बने। मेजर बने। मेरे पिताजी कहते थे कि दादाजी का एक प्रसिद्ध कथन था, "बेटा ना भी आए, अगर चक्र आ जाए तो समझो मेरा जीवन सफल है।" पर विधि का विधान देखो। ताऊजी बिल्कुल भी फौज में जाने को तैयार नहीं थे। कड़क दादाजी के डर से वो बार-बार चयन प्रक्रिया में घुसते और जान बूझकर फेल हो जाते। कभी दौड़ में तो कभी नजर जाँच में। दादाजी उनको लेकर कभी

अखाड़े जाते तो कभी आँखों के अस्पताल। सारी जाँचे सामान्य। एक दिन अस्पताल में डॉक्टर ने दादाजी को बता दिया कि ताऊजी झूठ बोल रहे हैं। दादाजी को सदमा लग गया। उन्होंने घर-सम्पत्ति के चार हिस्से किए और खुद देहरादून के किसी रिटायर्ड-सिटीजन होम में चले गए। कभी वापिस नहीं आए। जब दादा जी गए तब मेरे पिताजी आठ साल के थे। बुआ कुंवारी थी, दूसरे ताऊजी की भी कोई नौकरी नहीं थी। पर कोई भी बंधन उन्हें वापिस नहीं बुला सका। मेरे ताऊजी ने सीमेंट, सरिये का बिजनेश किया और पिताजी को पाला, बुआ की शादी की, छोटे ताऊजी को भी पढ़ाया। पर दादाजी की की नजर और मन से वो उतर गये थे। पता है सूरे, एक कवि है जिसने लिखा भी है कि बच्चे आपकी सम्पत्ति नहीं है। आप उनकी सेवा के लिए चुने गये हो। मैं कितनी भी कोशिश कर लूँ, कितने भी हीरो बनके न्यूरो केमिकल सुधार लूँ, पर वकील नहीं बनेगी। बनेगी या नहीं पता नहीं, पर मेरे कहने से नहीं बनेगी। वो मुझे प्यार भी नहीं करती, मेरा इंतजार भी नहीं करती, मुझसे बात भी नहीं करती। किस चीज की नफरत, पता नहीं! वो नजरअंदाज कर देती है तो लगता है कनिका ने भी मुँह फेर लिया।" नरूला रूका तो आँखें नम थी। आवाज भर्राई और उसने कहा, "मैं फेल्ड-फादर हूँ सूरे.......।"

मैंने गाड़ी एक किनारे लगा दी। रात गहरी हो चुकी थी। अंधेरा पहले ही माहौल में गम डाल रहा था। "मैंने तेरे जैसे पिता नहीं देखा नीरू। जो तू करता है या जो तूने किया वो मैं क्या, कोई नहीं करेगा। तू गॉड-फादर है भाई, फेल्ड-फादर नहीं। इस उम्र की कुछ दिक्कत होगी। माँ बिना बच्ची चिरचिरी हो सकती है। इतना दिल पर मत ले।"

"किस लिए मैं काम करूँ, तू बता? आदमी तो जंग भी परिवार या परिजनों के लिए करता हैं। मेरा कौन है? परी अपना नहीं समझती और मैं किसके सहारे आगे देखूँ? यह आज का नहीं भाई, पिछले कई महीनों का, साल भर का हाल है। मेरी बेटी अब ऑटिस्टिक नहीं रही पर मेरी बेटी भी नहीं रही।" नरूला फूट-फूट कर रोने लगा। कभी-कभी रोना एक इलाज होता है। मैं संयम के साथ चुपचाप बैठा रहा। दस मिनटों के बाद नरूला सामान्य हुआ और बोला, "थैंक्स सूरे। माफ करना मैंने तेरी शाम खराब कर दी। घड़ी दे दे भाई मैं रखूँगा।" कार दुबारा चली और रात ग्यारह बजे नरूला को घर छोड़कर मैं अपने घर आ गया। खुशी सो चुकी थी। उसकी शक्ल देखी और माथा चूमकर मैंने ऊपरवाले को धन्यवाद किया।

"पूछोगे नहीं कि कल क्या रहा? क्यों इतनी देर से आया।" सुबह उठकर मैंने चाय पीते-पीते सुमन से पूछा।

"मेरा भी यही सवाल था वैसे" सुमन मुस्कराई, "बताओगे नहीं कि कल क्या रहा? कहाँ फँस गए देर तक?"

मैंने मुस्कुरा दिया। "सुमन रात अजीब सा सपना आया। शायद तुम डिकोड कर सको। पर पहले पृष्ठभूमि बताता हूँ। नरूला ने परी की कुछ अजीब-सी सर्जरी कर दी थी। उससे उसका ऑटिज्म् खत्म हो गया, पर वो अक्रामक हो गयी। उसने फिर करेक्टिव सर्जरी कर दी, उससे वो शांत भी हो गयी। पर वो अब पता नहीं क्यों , नरूला से नफरत करती हैं। नरूला क्या, सबसे ही रूखे स्वभाव की हो गयी है। सर्जरी की यादाश्त तो नहीं ही होगी, फिर भी इस तरह का रूखापन! कल नरूला के घर जाकर यही पता चला। बस उसी का गम बांटते-बांटते देर हो गया। नरूला को लगता है कि वो फेल्ड-फादर है।"

"हाँ, तुमने बीच में कुछ बताया तो था।" सुमन ने कुछ सोचते हुए कहा।

"और अब सपना।" मैंने आगे कहा, "मुझे लगा कि मैं छोटा बच्चा हूँ। स्कूल के सामने खड़ा। सामने से खतरनाक सी अंग्रेजी की मैम आ रही हैं। वो इतनी

नजदीक खड़ी हो गयी कि मैं उनकी साड़ी को अपने चेहरे पर महसूस कर सकूँ। मैंने सिर उठाया और देखा तो वो गुस्से में थी। मुझे तेज डांट लगाई। मेरे पैर के नीचे फूल का पौधा दब गया था। इसी बात पर मुझे डांट पडी। मैं रोने लगा और बोला, मुझे पता नहीं था मैम। पर इस पर दूसरा बच्चा चिल्लाया- इसने जान-बूझ कर पैर रखा था। मैंने देखा था। और मैम फिर से गुस्सा हो गई। मैं डर से काँपने लगा कि मेरा सपना टूट गया। और यकीन मानो, जब आँख खूली तो इतना अच्छा लगा कि ये सब सपना था। अब बताओ इसका मतलब।"

सुमन कुछ देर सोचती रही और फिर बोली, "पता नही। शायद तुम परी को फूल समझ रहे हो, और तुम नरूला? या फिर......... पता नहीं। मैं कोई सपना समझने वाली थोड़ी ही हूँ। पर एक बात दिमाग में आई कि क्या परी अब सामान्य है?"

"लगभग।"

"ये खीझ या नफरत उन सर्जरी का नतीजा तो नहीं.......।"

"पता नहीं"

हम दोनों थोडी देर और बातें करते रहे फिर खुशी जाग गई। उसके बाद तो स्कूल की तैयारी, नाश्ते की तैयारी, सब में सुमन डूब गई। पर मेरे दिमाग में यही

घूमता रहा- "क्या पता? यह सर्जरी का ही असर हो?" मैं दोपहर में ही नरूला के घर पहुँच गया।

"तो ऐसा संभव है।" मैंने नरूला को समझाने की कोशिश की। नजरअंदाज करना या नफरत करना न्यूरोकेमिकल से समझाना मुश्किल था। दिमाग में हर बड़े भावना या काम की जगह है, वहाँ का केमिकल हिसाब है, पर बाप के प्रति नफरत या घर की नापसंदगी....... यह केमिकल से ज्यादा मनोवैज्ञानिक भी हो सकता था। पर कोई साहित्य नहीं था जो एसिटाईल कोलिन और सेरोटोनिन चिप के असर को बताए। या फिर दिमाग तंतू का सिलिकॉन के खिलाफ प्रतिक्रिया पर कुछ मिले। "नीरू, इंसान की समझ तो भगवानी संरचना के आगे टुच्ची ही है। पर यह सब इसी क्रम में हुआ ना। ऑटिज्म् से हायपर और हायपर से इनडिफ्रेंट। नरूला चुपचाप बैठा रहा। दस मिनट बाद मैंने उसे उठाया। "मेरे साथ आ, तुझे शहर घुमा कर लाता हूँ।"

"सूरे, एक बार तू मुझे अपने किसी मरीज के घर ले गया था। कई साल पहले। जब परी की बीमारी पता लगी थी। याद है तुझे?" नरूला ने हाथ में पकड़े मूंगफली को मुँह में डालते हुए कहा।

"हाँ, मास्टर साहब के घर?"

"हाँ।" नरूला ने जल्दी-जल्दी मुँह में रखी मूंगफली चबाई। "एक बार फिर मिल सकते है क्या?"

पिछली बार की बातें तल्ख थी और मास्टर साहब को जरूर ही बुरी लगी थी। मेरी तो उनसे मुलकात तीन-चार साल पहले भी हुई थी पर नरूला के साथ वहाँ जाना?

"प्लीज।" नरूला ने मुझे चुप देखकर कहा, "मैं कुछ भी नहीं कहूँगा। कुछ भी गड़बड़ नहीं करूँगा। तेरी कसम।"

"ठीक है। कब चलेगा"

"आज।"

"आज? आराम से चल लेंगे ना?"

"नहीं.... आज ही चल ले भाई।"

मेरे पास बहस की कला थी ही नहीं। और अगर सामने नरूला हो तो जीतना वैसे ही संभव नहीं था, तो बहस करना भी बेकार ही था। हमनें वहीं से कार घुमा ली। लगभग एक घंटे की दूरी पर, ग्रामीण इलाके के शुरूआत में ही, मास्टर सूरज बोरा जी का घर था। बिल्कुल वैसा-ही जैसा पिछली बार था। गर्दन तक ऊँची चार दीवारी, जो आधी हरी हो रखी थी। फिर खाली जगह, आम के पेड़, फूल और छोटा-सा घर। मेरे पास बोरा जी का नम्बर नहीं था, इसीलिए सीधा घर ही पहुँचना हो गया। बाहर, मेन गेट पर ही कॉल बेल लगी थी। बजाने के दो मिनट बाद मास्टर सूरज बोरा जी

बाहर आए। उनमें बहुत परिवर्तन था। पिछली बार जो आदमी जवान दिख रहा था, इस बार काफी बूढ़ा दिखा। बनियान और कमर से धोती बांधे, थोड़ा आगे झुके हुए। वजन भी मानो दस किलो कम हो गया हो। पर उनकी नजर ठीक थी। दूर से ही पहचान कर उनकी रफ्तार बढ़ गई। "डॉक्टर साहब, डॉक्टर साहब, हम सुदामा की कुटिया में प्रभु……।" उन्होंने चहकते हुए लोहे के फाटक को खोल दिया और पैर छूने की तरफ बढ़े। मैंने आगे बढ़कर उन्हें गले लगाया। "मास्टर जी, क्या कर रहे हैं? आप बड़े हैं हम से।"

"प्रभु की क्या उम्र डॉक्टर साहब……….।"

मैं संकुचित भी हो रहा था और खुश भी। उन्होंने नरूला पर नजर डाली और बोले, "डॉक्टर साहब, इस बार तो डांटने नहीं आए ना?" और हँस पड़ें। हम तीनों अंदर आ गए। अंदर, बगीचे में गौरव जमीन पर पालथी मार कर बैठा था। वो फूल के पौधे को ठीक कर रहा था। नरूला वहीं रूक गया तो हम दोनों भी वहीं अटक गए। गौरव जीभ दांतों के बीच से थोड़ा-सा निकालता और दोनो हाथो से पुराने पत्ते पकड़ कर तोड़ देता। फिर थोड़ी मिट्टी खरोंच कर जहाँ से पत्रे तोड़े उस जगह लगाता, उस पर फूंकता, फिर दुबारा इसी क्रम को दुहराता। वो खुश था और उसके पास बैठी एक बिल्ली भी, बिना डरे उससे सटी हुई थी। "ये गौरव का

पंसद का काम है-बागवानी। आओ आपसे मिलाता हूँ।" मास्टर जी हमें गौरव तक ले गए। "बेटा अंकल को नमस्ते करो।"

गौरव उठकर खड़ा हो गया और दोनों हाथ कमर में बंधे तौलिए से पोंछ कर नमस्ते में जोड़ दिये, "नमस्ते.....।" उसकी आवाज साफ नहीं थी पर समझने लायक थी। नरूला ने मुड़ कर कहा, "अगर बुरा ना मानें तो मैं थोड़ी देर इसके साथ खेल लूँ। आप लोग अंदर बात कर लीजिए।" नरूला की बातों में आग्रह भी था और भोलापन भी। बोरा जी हँस कर बोले, "जरूर डॉक्टर साहब, खेलना और खुश रहना तो सबको पसंद है। ये आपका भी बच्चा है, जरूर खेलो।"

मैं और मास्टर साहब अंदर आ गए। मेरे पास वहाँ आने की कोई खास वजह नहीं थी। नरूला गौरव को देखना चाहता था-यह बताना उपयुक्त नहीं लगा। "आज इधर से जाना हुआ तो सोचा आपसे औचक मुलाकात की जाए। आप व्यस्त तो नहीं थे ना?"

मास्टर जी उम्र और अनुभव में ज्यादा पके हुए थे। खिड़की से बाहर देख कर बोले, "डॉक्टर साहब, आपके मित्र का क्या चल रहा है? बुरा मत मानना पर वो परेशान दिख रहे है। उनकी बेटी भी.........।"

"हाँ। परेशान तो है।" मैनें लम्बी सांस छोड़कर कहा। नरूला की परेशानी तो दिख ही रही थी, पर इजहार में

शर्मिंदगी थी। मास्टर जी का यह पूछना ऐसा था मानो परीक्षा में तलाशी ली और चिट पकड़ी जाए।

"डॉक्टर साहब, आपने जो मुझे समझाया था, उनको नहीं समझाया?" मास्टर जी ने मुस्कुरा कर पूछा। मैंने भवें ऊँची की पर जवाब नहीं दिया। "वही ब्रह्म सत्य था डॉक्टर साहब। मरीज को नहीं रिश्तेदारों को इलाज चाहिए होता है। गौरव को देखो, वो तो खुश ही है। टॉपर नहीं बनेगा की चिंता उसे थोड़े ही है, उसके मास्टर पिता की थी तो वो हताश था। अब मैंने गौरव की भाषा सीख ली है। हम अपनी उम्मीद बच्चें के कंधे पर डालकर उसे कहते है- दौड़ो। बेचारे बच्चे! उनको ना बोझ का पता ना रास्ते का। डॉक्टर साहब, ये आपके दोस्त जिस तरह गौरव के साथ खेल रहे हैं, मैं यकीन से कह सकता हूँ, इनको भी वही ज्ञान चाहिए।"

मैं भी उठकर खिड़की पर चला गया। बाहर नरूला मिट्टी पर पालथी मारे गौरव के बगल में बैठा था। वो गौरव की मदद कर रहा था, पत्ति उठाने में, मिट्टी डालने में। गौरव हथेली से एक चुटकी मिट्टी लेता और कहता "थैंक्यू।" फिर वो मिट्टी पौधे पर, जहाँ से पत्ती तोड़ी, वहाँ, लगा देता। नरूला भी हर बार थैंक-यू का जवाब "वेलकम" बोल कर दे रहा था। नरूला के चेहरे पर चमक थी, आँखों में शान्ति और पलकों में आँसू। मेरा सबसे अच्छा दोस्त, काफी अरसे बाद मुझे इस रूप

में दिखा, मानो नवजीवन लेकर बैठा हो। मास्टर जी भी बगल में खड़े हो गये थे। वो बोले, "डॉक्टर साहब, गौरव टिकता ही नहीं था, ना सुनता, ना समझता। बस परेशान-सा भागता रहता था। जब मेरा गुस्से का फेज चला गया तब मैंने देखा, इसका दिमाग जिस चीज को हाँ कह देता, ये उसी में लगा रहता। तपस्या की तरह, बार-बार, घंटो। मानो दिमाग उसी लूप में फंस गया हो। बॉल उठाएगा, फिर दाएं रखेगा, फिर उठाकर बाएं रखेगा, फिर दाएं.......इसी तरह। फिर मैंने इसके साथ नए-नए दिमागी लूप बनाए। चित्रकला का, ड्रम बजाने का, बागवानी का, बातें करने का। बातें करने में भी खास ही लूप था। एक बार में नहीं, बार-बार वही बात घूम कर आए, तभी इसको जँचती थी। कहानी भी वही सुनता था जिसमें संवाद बार-बार आ रहे हो। कविता भी वही। जैसे "जॉनी-जॉनी यश पापा" चाहे दो घंटे गा दो, वो हँसता, बोलने की कोशिश करता। बस इतना इशारा काफी था। मैं लग गया, अपने कमजोर विद्यार्थी के पीछे। अब देखो, ये काम लायक बोल भी लेता है और डरता भी नहीं। खुश है, व्यस्त है। पिता को यही चाहिए डॉक्टर साहब। बच्चा खुश रहे -बस।"

मैं एक टक मास्टर जी को देखता रहा। जीवन में हर किसी के कहानी होती है, हर कोई किसी-ना-किसी

नाटक का हीरो होता है। मास्टर जी सामान्य मास्टर हो सकते थे, पर असामान्य पिता थे। हीरो थे। "मास्टर जी, आप अद्भुत हो।"

"नदी में गिरोगे तो तैरने की कोशिश ही उपाय है डॉक्टर साहब।" मास्टर जी हँसे।

"मास्टर जी, मेरा दोस्त परेशान है, पर मेरी कही बातें नहीं समझ पाएगा, एक बार अगर आप.......।"

"अरे डॉक्टर साहब, आप प्राण मांग लोगे तो भी दे दूंगा। जरूर।" मास्टर जी बाहर चले गए।

मैं खिड़की से देखता रहा। बोरा जी नरूला के पास बैठे और समझाना शुरू किया। शब्द ना तो साफ-साफ आ रहे थे, ना मेरे कान सुन रहे थे। मैं तो वशीभूत सा उन दोनों को मिट्टी पर बैठकर बातें करते देख रहा था। मास्टर जी बॉल ले आए और गौरव के साथ खेलने लगे। वो बॉल पीछे छिपाते और गौरव ढूंढता, फिर गौरव भी बॉल पीछे ही छिपाता, फिर वो दोनों ढूंढते। वो खेल-खेल में नरूला को समझाते जा रहे थे। मुझे अपनी नानी की बात याद आ गई। वो भक्त महिला थी, शांत, पूजा-पाठ में डूबी हुई। जब बीमार हुई तो बोली, "मरना मेरे हिस्से का काम नहीं है। कान्हा के हिस्से की चिंता है, कब मुझे ले जाएं।" मैंने पूछा था, "नानी डर तो लगता ही है, आपको नहीं लगता?" उन्होनें बताया

था, "कान्हा गर्व-दमन करने वाले हैं। तुम जब अपना अभिमान त्याग दोगे, घुटनों पर बैठकर कहोगे कि मेरा यश, अपयश, भय, चिंता सब आपका है प्रभु, तब वो गले लगायेंगे। बिना गांडीव फेंके तो वो अर्जुन को भी नहीं दिखे।" सामने घमंड छोड़ा, नरूला जमीन पर बैठा था तो उसे भी ज्ञान सही रूप में मिल पा रहा था।

रात ग्यारह बजे मेरा फोन बजा तो अनमने ढंग से मैंने हाथ बढ़ाया। उस पर नरूला का नाम चमक रहा था। मेरा मन एक बार को डर गया, इतनी रात में फोन! "सूरे, घर के नीचे आ जा। जल्दी, कुछ बात बतानी हैं।"

"अभी!"

मेरे जवाब से पहले ही उसने फोन काट दिया। नींद से उठकर हुई परेशानी तो रह गई पर नरूला की आवाज में घबराहट नहीं सुनकर मन थोड़ा शांत हो गया। मैं तेजी से बाहर की तरफ बढ़ा। वो घर के बाहर ही खड़ा था।

"हूँ। इतनी रात में?"

"सुन, बीच में बोलना मत।" नरूला ने बोलना शुरू किया, "जब आदमी अच्छा चल रहा होता है तो उसे भ्रम होने लगता है। अपनी काबिलियत पर, अपने हाथ के जोर, पुरूषार्थ पर। पर कुदरत और भगवान अपनी अलग योजना से चल रहे होते हैं। अच्छी जिंदगी के साथ आए अहंकार से पीड़ित, हम कंट्रोल चाहते हैं। मैं भी चाहता था। पर कुछ भी ऐसा नहीं हुआ, जो मेरे पुरूषार्थ से हो। कनिका नहीं बची, बेटी का अलग हिसाब हो गया। मैं बूढा भी हो जाऊँगा और शायद लाचार भी। फिर मर जाऊँगा और कुछ सालों बाद मिट भी जाऊँगा। यह कुदरत का हिसाब है। वही डायरेक्टर है, उसी की चलेगी। पहले परी मेरे पैरों से चिपक जाती थी, मुझे

पल भर भी अलग नहीं करना चाहती थी। गोद में उठाओ तो कान के सामने बोलती रहती। दस शब्दों में आठ बार पापा-पापा, कभी कंधे को खाने की कोशिश करती तो कभी गले के चारों तरफ अपने बाजुओं का गोला बनाकर चिपक जाती। वो जो स्पर्श था ना, वो जो आवाज थी, वो जो पापा-पापा की पुकार थी, वो अब तक की जिंदगी का सबसे गहरा प्यार था। कनिका से भी ज्यादा, मेरी माँ से भी ज्यादा। मैं पागल था सूरे, मैं क्या, हम सब पागल हैं। जब बच्चा चिपकता है तो भी ऐतराज, ना चिपके तो भी ऐतराज। मैंने उस प्यार को खत्म करके गणित दिया, स्कूल में नम्बर दिया परी को। मेरा पागलपन था वो। सर्जरी, फिर सर्जरी। भगवान को बार-बार बताना कि मैं लिखूंगा परी की किस्मत। अरे असली पापा तो भगवान ही हैं। मैं भी संतान वो भी संतान। मेरे से पाप हो गया सूरे। मैंने अपने हिसाब से टेलर्ड बेबी चाह रहा था। परी की क्या इच्छा थी, बिना जाने। भगवान से बिना पूछे। मैंने परी के कई साल खराब कर दिये सूरे।" नरूला पल भर को रूका फिर शुरू हुआ, "पर अब मैं समझदार हो गया हूँ सूरे। परी ऊपर वाले का बनाया हुआ मास्टर-पीस हैं। मोनालिसा को पतला करने की कोशिश गलत है। मैं अपनी बेटी को चाहता हूँ सूरे, वो जो मुझसे चिपक जाए, मेरे साथ खेलें, मेरा इंतजार करे। मैं समाज के कम्पीटिशन में जीतने वाली नहीं, चमकीली आँखों वाली बेटी चाहता हूँ और

आज मैं यही करने वाला हूँ।" वो रूक गया। मुझे लगा कि शायद कुछ और बताएगा पर वो चुप रहा।

मैंने अपना हाथ उसके कंधे पर रखा, "सही है मेरे भाई।"

"हाँ, मैं आज परी की सर्जरी करूँगा सूरे। मेरे तरफ से आखिरी, असल में करेक्टिव सर्जरी। चिप निकालने की सर्जरी।"

मुझे मानो झटका लग गया हो। "नीरू, चिप अगर एडजस्ट कर चुकी हो तो........।"

"पता नहीं। पर निकाल कर अगर मुझे अंपग भी मिली, मैं उसी के साथ संतुष्ट रहूँगा। बााकि उम्मीद तो नहीं है किसी दिक्कत की। क्योंकि इर्नट चिप है दोनो। और इस बार तेरा रहना जरूरी नहीं सूरे। मतलब मैं तुझे जिद नहीं करूँगा। इस बार भगवान रहेंगे वहाँ। आज दो बजे की सर्जरी है। बस बताने आया था।"

मैं स्तब्ध खड़ा रहा। समस्या के इस स्तर तक मैं कभी नहीं पहुँचा था। पर मुझे खुशी थी कि नरूला समर्पण और संतुष्टि की बातें कर रहा था। "अगर भगवान खड़े होंगे तब तो मेरा जाना भी बनता है भाई। इसी बहाने प्रभु दर्शन भी हो जाऐंगे।" मैंने हँस कर कहा।

मन में जोश और दोस्ती ऊँची लहर पर थी। नरूला ने आगे बढ़कर मुझे गले लगा। "नीरू, दो मिनट दे, मैं अभी आया।" मैं लगभग दौड़ता हुआ भागा। कपड़े बदले, चश्मा उठाया और हवा में संदेश फेंक आया, "आता हूँ। कुछ अस्पताल का काम है।"

हर साल कनिका फाउंडेशन अपना वार्षिक दिवस मनाता है। लगभग बीस बच्चे और उनके माँ-बाप, जो खास बुलाए जाते हैं। मैं भी हर साल वहाँ जरूर पहुँचता हूँ, अक्सर मेजबान की हैसियत से। नरूला को एक सप्ताह पहले से ही बैचेनी होने लगती है। कौन-कौन आएगा? आने का साधन, रूकने का इंतजाम अगर कोई दूर से हो तो। रहने-खाने सबका हिसाब रखना और कार्यक्रम की रूपरेखा बनाना.......। काम की ना तो कमी थी ना काम खत्म होता था। कुछ काम सुमन ने अपने सिर ले रखा था। इस बार यह वार्षिक उत्सव अलग था। खुशी और परी को भी सुमन ने काम पर लगा रखा था। दोनों पोस्टर्स बना रही थी। खुशी फोटो बनाती और परी उन्हें रंग रही थी। परी को रंगना पसंद था। चमकीले रंग, लाल-पीले। आखिरी सर्जरी ने परी की जिंदगी बदल दी। वो एक सामान्य ऑटिस्टिक लड़की हो गई, हाँ सामान्य शब्द ज्यादा जरूरी है। पर उससे ज्यादा बदलाव नरूला में आया। वो एक सामान्य प्यार करने वाला पिता हो गया। परी जब केमिकल से मुक्त हुई तब बचपन जागा, हर अच्छी चीजों के पीछे दिल और दिमाग भागा। उसकी दिशाएं खुली और हमें पता चला कि परी को क्या पंसद है। चित्रकारी और खास करके रंग भरना, आटा गूंथना, पानी में पत्थर फेंकना, गाने सुनना और उसके परिवार में पापा नरूला के अलावा मैं, सुमन और खुशी भी घुस गए। हर साल नरूला एक दिवस का कार्यक्रम करता

है। ज्ञान बांटने के लिए नहीं, बस खुशियाँ बांटने के लिए। कोई थैरेपी वाला, कोई काउंसलर, कोई फीजियो नहीं आते, बस बुलाये जाते है बच्चे। स्पेशल-नीड़ के बच्चे। पूरे दिन बच्चे खेलते है, झूलते है, चित्रकारी करते, मिट्टी के बर्तन बनाते, जो मन में आए वो करते हैं। दोस्त बनाते हैं, मिलना-जुलना सीखते हैं और यही सब बच्चों के माँ-बाप भी सीखते हैं। नरूला ने कनिका फाउंडेशन बनाया। वो कहता है- "इसी तरह कनिका याद रहेगी। धीरे-धीरे परी भी पहचान लेगी। सबकी माँ होती है, उसकी भी है ।"

जब वो जिंदगी में उलझ रहा था, सर्जरी कम कर दी थी, पर अब काम भी बढ़ गया। वो अकेला ही कनिका फाउंडेशन को फंड करता है। हमारी तरफ से फाउंडेशन दिवस की तैयारी हो गई थी। पार्क में परी और खुशी पोस्टर्स पर हाथ साफ कर रहे थे। सुमन घर के अंदर नास्ते-खाने का इंतजाम देख रही थी। नरूला और मैं, वहीं घर के आगे की सीढ़ियों पर बैठ गए। "एक बात कहनी थी सूरे। सब सही हो रहा है, अच्छा है। मानो जिंदगी में काम और दिशा मिल गई हो। पर एक मन की बात बची है।" नरूला ने मेरी ओर देखकर कहा।

"हाँ.... दोनों कान तुम्हारे लिए ही हैं।" मैंने हँस कर कहा।

"बस……. थैंक-यू। वो कहते है ना कि अच्छे वक्त का साथी और बुरे वक्त का साथी……. तू मेरे साथ हमेशा रहता है। अच्छे वक्त को छोड़ भी दे, बुरे वक्त में तो तेरा ही सहारा रहा भाई। कभी खुल कर थैंक-यू नहीं बोल पाया।"

मैं मुस्करा कर चुप ही रहा।

"और सबसे बड़ी बात जो मेरे समझ आयी, बेटी के बारे में, वो भी तेरी ही देन है। ऑटिज्म् में इलाज उसे नहीं, मुझे चाहिए था। उसे तो सिर्फ दिशा और प्यार चाहिए था। बच्चे क्राफ्टेड हैं, ऊपर वाले के। सूरे हमें टेलर्ड-बेबी बनाने की गलती नहीं करनी चाहिए।"

"नीरू, तू कितना ज्ञानी हो गया है। डॉक्टरी छोड़ और कांउसलर बन जा। वहाँ भी काम अच्छा ही चलेगा।" मैंने हँसते हुए कहा।

"अच्छा एक बात बता, जैसे मैं आवारा, आजाद जी रहा हूँ, तूझे नहीं लगता कि भाभी के चक्कर में तू गुलाम ही मरेगा।" नरूला ने हँसते हुए पूछा। अजीब सवाल था, मजाक ही सही।

"वैल……"

"सोचकर बोलना, मैं पीछे ही खड़ी हूँ।" सुमन ने पीछे से कहा। हम तीनों हँस पड़े।